HADRIEN BELS

TIBI LA BLANCHE

L'ICONOCLASTE
ROMAN

À Mariama

C'est bientôt Timis, l'heure de la quatrième prière. Le soleil fond entre les flammes de l'usine Total et l'hôpital psychiatrique. Baba sirote son match du dimanche après-midi. Liverpool mène 1 à 0, but de Mané, l'enfant du pays. Baba l'appelle « Fiston » tellement il l'aime. Faire vite ses ablutions, cavaler à la mosquée et retour canapé pour la seconde mi-temps avec ses trois ataya bien sucrés. Il contracte son ventre plat d'homme longiligne et crie « Tibi!!! ». Le patriarche a un room-service.

Dans sa chambre, Tibilé est penchée sur *Les Soleils des indépendances* de Kourouma : « Tu vois qu'un malheur, c'est parfois un bonheur bien emballé et quand tout s'use, c'est le bonheur qui tombe. » Pour

Tibilé, la lecture a toujours été un combat. On lit, on lutte, on fait reculer les lignes ennemies. Elle se sent plus proche des chiffres, au moins eux n'essaient pas de te manipuler. Les mots sont des traîtres. Ils créent désordres et polémiques.

D'habitude, elle prend le dessus à partir de la centième page. Plus besoin de revenir en arrière ou de relire trois fois la même phrase pour comprendre. Le corps peut se laisser dériver dans les courants, sans forcer, pour finalement rejoindre la terre ferme. Mais aujourd'hui, Tibilé est proche de la noyade. Kourouma lui mène une guerre dure, totale. Et maintenant, voilà Baba qui l'appelle. Elle chausse ses claquettes et glisse jusqu'au salon, du pas lent du condamné. Elle attrape les 1 000 francs que son père lui tend d'un geste de monarque, le poignet cassé. Sans lâcher son match des yeux, il exige : «Va me chercher de quoi faire du thé!»

C'est toujours Tibilé que Baba envoie à la boutique, alors qu'y a plein de garçons qui foutent rien dans cette maison. La première chose qu'elle fera à son arrivée en France, ce sera bien de ne rien faire. *Nada*. Elle restera allongée pendant de longues heures à décortiquer des arachides devant des séries sénégalaises ou des émissions de télé où l'on débat du ragot le plus insignifiant avec le même sérieux que si on parlait de transition écologique. Dans deux jours, si Dieu le veut, son nom, Tibilé Kanté, sera inscrit au milieu des admis au baccalauréat, sur le grand tableau du lycée Abdoulaye-Sadji de Rufisque. D'après ses calculs, elle devrait s'en sortir avec un petit 12. Au pire un 11. Tibilé a toujours été dans la moyenne. Elle s'y sent comme au fond de son lit. De toute façon, pas besoin de plus pour aller faire ses études en France. Mais on n'est jamais à l'abri du rattrapage. Lire les *Indépendances* est un devoir.

Dehors, la nuit peint en bleu les façades cimentées et les hommes se pressent pour rentrer chez eux. Tibilé accélère. C'est Aïcha, sa mère, qui lui répète sans arrêt : « Ne reste pas dehors à l'heure de Timis. » Entre 18 et 19 heures, les esprits errent dans les rues vides à la recherche d'un corps à posséder. À la boutique du Mauritanien qui ne sourit jamais, elle achète un paquet de thé Tchaï, avec le dessin de l'antilope qui te regarde au milieu d'une brousse de printemps. Elle ajoute quelques feuilles de menthe et un sachet de sucre. En sortant de la boutique, elle tombe sur

Issa. Le personnage que tu n'avais pas prévu et complique l'histoire de ta journée.

– Tibi, viens avec moi!

Pas de «Salamalékoum!» ou de «Comment tu vas?», Issa se fout des convenances. Son boubou jaune clair est éblouissant. Tibilé le détaille de haut en bas. Tchippe pour la forme. Mais elle est déjà l'antilope sur le paquet de thé. Une proie facile. Elle lui demande:

– Où ça?

Issa sourit. Si elle lui pose la question, c'est déjà une victoire.

– Chez le marabout!

Pas question que Tibilé aille chez un mara. Elle n'en a jamais vu de sa vie. Et c'est pas à deux jours des résultats du bac et à quelques semaines de son départ en France qu'elle va le faire.

– Lâche-moi! Oublie-moi! elle s'énerve. Qu'est-ce que tu vas faire chez un marabout, toi? Tu crois qu'il va te donner le bac ou quoi? Demande à Neurone de t'accompagner!

Issa répond que Neurone est coincé chez lui. Il doit être en ville, demain matin, à l'aube, pour son visa. Il lui joue sa petite mélodie sur l'amitié. Il a besoin

12

d'elle. Il ajoute, en prenant les yeux des mendiants qui traînent devant la grande mosquée le vendredi :

– C'est très important pour moi, Tibi !

La voilà dans l'antichambre de la prise de décision, où la culpabilité et la raison se battent à mains nues. Issa la connaît par cœur, elle a besoin d'un dernier argument :

– Ce marabout est trop fort ! Il peut t'aider, pour tes cheveux !

Quand Tibilé a eu son problème à la tête, elle est allée avec sa mère consulter Monsieur Thiam, le médecin de famille. Il a déroulé le drap en papier puis l'a fait monter sur sa grande table en cuir bordeaux. Il a tourné autour d'elle sans la toucher et il est retourné s'asseoir sur sa chaise à roulettes. Au moment de passer derrière son bureau, il a eu ce relâchement qu'ont les médecins avant de poser leurs fesses et leur diagnostic.

– Votre fille a une teigne, madame Kanté. C'est bénin et très courant, à cet âge-là.

Il a chaussé ses lunettes, saisi son carnet d'ordonnances et son Bic bleu.

– Je vais vous prescrire un traitement à appliquer

sur le cuir chevelu pendant trois semaines. Après ça, ses cheveux devraient repousser.

Aïcha a penché légèrement la tête et elle a ajouté :
– Avec l'aide de Dieu.

Le médecin a levé les yeux de sa feuille d'ordonnance.
– Oui ! Bien sûr ! Avec l'aide de Dieu.

Au bout d'un mois de traitement, la tête de Tibilé ressemblait toujours au stade de foot d'en face après une inondation. Une terre granuleuse et des grandes flaques d'eau où se reflète le ciel. C'est Baba qui avait insisté pour aller voir Monsieur Thiam. Mais pour Aïcha, ce sont les esprits du fleuve qui ont pris les cheveux de sa fille.

Il y a dix ans, toute la famille est allée passer l'hivernage au village, à Diara, au bord du fleuve Sénégal. Aïcha a toujours interdit à ses enfants de s'y baigner. Mais un vendredi où il faisait une chaleur pas possible, Tibilé a suivi ses cousins jusqu'au fleuve. Elle est restée longtemps à l'écart des gosses qui s'amusaient dans l'eau. Au bout d'un moment, elle s'est levée, attirée par cette étendue calme, si différente des vagues menaçantes de l'océan dakarois. Elle s'est approchée assez près pour voir son reflet dans l'eau. Ses traits fins, sa peau brillante, ses yeux en amande, des tresses couchées. Elle a trempé la main. C'était doux et sans résistance. Quand elle l'a retirée, son reflet s'est troublé. Alors, sans savoir pourquoi, elle s'est penchée en avant et a plongé sa tête dans le Sénégal, entièrement, jusqu'au cou. Sous l'eau, elle a entendu son cœur battre au rythme du fleuve. Elle n'était plus un enfant parmi d'autres autour d'un plat de thiep, sur un canapé surchargé de fesses et de jambes, dans un bus bondé de fatigue et de transpiration ou dans une salle de classe bruyante. Elle était seule.

Une semaine plus tard, dans la 505 Peugeot break, sur la route de nuit vers Dakar, Tibilé dormait, la tête sur les genoux d'Aïcha. Pendant son sommeil, ses cheveux tombaient par poignées. Dès les premiers jours de la rentrée scolaire, les garçons se sont moqués d'elle. Un matin, Issa s'est levé en plein cours de Monsieur Diouf, s'est tourné vers la classe et a averti : «Celui qui ouvre encore sa bouche sur la tête de Tibilé, je jure que je lui nique sa mère.» Issa a reçu plusieurs coups de chicote par Monsieur Diouf, et les garçons ont arrêté de la persécuter. Tibilé n'est jamais retournée voir Monsieur Thiam, le médecin de famille, et elle a caché l'infâme sous un foulard. En grandissant, tout le monde a oublié. Elle a rejoint la catégorie des filles voilées. Elle est devenue une pieuse, une vertueuse, qu'on laisse tranquille. Le mal s'est caché sous un morceau de tissu mais reste en elle, comme un enfant illégitime. Une fois en France, elle ira voir des spécialistes. Elle passe son temps à regarder, sur son portable, des sites et des forums spécialisés. Il suffit de taper « teigne » ou « pelade », pour tomber sur des centaines de témoignages. Les gens racontent leur désespoir. Beaucoup évoquent des causes profondes, psychologiques.

Tibilé essaie parfois de chercher cette « blessure », ce « traumatisme », dans son histoire personnelle, mais elle ne trouve rien. Tous les matins, en se levant, elle effleure son crâne avec ses doigts dans l'espoir devenu obsessionnel de sentir une repousse. Elle pense souvent à l'une des insultes des gamins à l'école, pas à « Pastèque », ni à « Peau de rat », mais à « Planisphère ». Sa tête est un monde qu'elle parcourt les yeux fermés. Elle en connaît toutes les zones de terre et de mer. Mais jamais Tibilé ne regarde son monde dans un miroir. Il vaut mieux ignorer certaines choses.

Le long de la voie rapide, on vend lampes torches chinoises, claquettes Vuitton, maillots de foot et médicaments 100 % naturels pour les problèmes d'érection. « T'inquiète, ce marabout n'habite pas loin », fait Issa en levant la main pour arrêter un taxi en fin de vie. Les garagistes du pays sont des chirurgiens qualifiés. Transplantation de moteur, greffe de carburateur et changement complet de carrosserie.

Dans la voiture, feu N'Dongo chante fort : « Mes amis, je suis loin de vous mais nos cœurs continuent de se voir. » À travers le plancher, le goudron défile entre les pieds de Tibilé. Issa reprend les paroles et improvise sur le rythme. Lui et son air toujours tranquille, sur lequel tout glisse. Issa n'aura pas son bac, ou ira au rattrapage, si Dieu veut bien lui accorder ce miracle. Pendant toute sa scolarité, il s'est appuyé sur Neurone, le troisième de la bande, pour passer d'une classe à l'autre. Neurone réfléchit plus vite que les autres. Un cerveau bien huilé. Le jour des contrôles, Neurone remplissait deux copies : une pour lui, et une pour son complice, avec une écriture différente et quelques erreurs. Mais pour les épreuves du bac, Issa était seul, deux rangs devant Tibilé. Elle le voyait écrire et lever la tête comme s'il allait chercher loin des connaissances qu'il n'avait jamais acquises.

Le taxi s'engage à fond sur la bande d'arrêt d'urgence. Tibilé est embarquée vers ces histoires qu'on évoque à peine, au détour d'une conversation. « Ce marabout a soigné ma sœur, elle avait toujours mal au ventre et puis d'un coup, plus rien. » « Grâce à son marabout, mon père a gagné beaucoup d'argent. » « Sans mon mara j'aurais jamais eu de garçon. Mon mari a failli prendre une seconde épouse. » Mais dans la famille de Tibilé, si on a quelque chose à demander, on prie Allah et son prophète. Le reste, c'est des croyances de mécréants.

Au loin, l'océan remue son ventre. Le taxi fonce

droit vers le péché. Elle se voit tirer le frein à main. Que la voiture parte en tonneaux et aille s'écraser contre un semi-remorque. La mort ne lui a jamais fait peur. Elle est terrible pour ceux qui restent et libératrice pour ceux qui partent. Une fois, Baba lui a dit : « Rien que pour ça, je plains les athées. » Tibilé fixe le taximan dans le rétroviseur. Il mâchouille son bâton à dent, le regard vide. La photo de son chef religieux danse sous le rétroviseur et l'aiguille du compteur de vitesse ne fonctionne plus. Elle ne retient plus ses flammes.

– Tu peux pas rouler sur la route, toi ?!

Issa prend sa voix de diplomate :

– Commence pas, Tibilé, s'il te plaît…

Mais elle a bien l'intention de mener sa guerre :

– Quoi ?! T'as vu comment il conduit ?

Et, en fixant le chauffeur dans le rétroviseur :

– Taximan, hé ! C'est à toi que je parle !

Sans la regarder, l'homme enlève le bâton de sa bouche et se rabat dans les bouchons. Une obéissance sourde, un silence insultant. La course s'arrête à côté de la station-service qui vend des croissants, du pétrole français et des jus de bissap. Un cocktail pas facile à digérer.

Issa trie ses billets froissés et donne 2 000 francs au taximan. Il a toujours de l'argent sur lui. Depuis le collège, il fabrique dans sa chambre des boubous, des pagnes, des chemises, qu'il vend aux femmes du quartier, mais aussi en ville. Un stand à l'Institut français prend même certaines de ses créations en dépôt-vente. Au quartier, beaucoup le surnomment «Issa tailleur». Mais lui préfère qu'on dise «Issa styliste». Il a appris la couture sur YouTube et profite de ses vacances scolaires pour faire des stages dans des ateliers en ville. Dans sa famille, tout le monde travaille depuis le plus jeune âge. Dès qu'il a su marcher, Issa a compris que l'argent ne lui tomberait pas tout cuit dans le bec comme à ces gosses de riches qui piaillent depuis leur nid.

Ils sont à Extension, un quartier sur la route du nouvel aéroport, qui trempe ses pieds sur un bord d'océan mazouté. Au milieu stagne un bras de mer épaissi par les égouts, survolé par des bataillons de moustiques. Des constructions couleur ciment de un à trois étages, avec boutique ou garage au rez-de-chaussée, des terrains vagues à peine clôturés, des salons de coiffure, terrains de foot, salles de jeux, alimentations, boulangeries. De quoi changer de coupe de cheveux, soigner sa voiture et se remplir le ventre. Tous les quartiers de la banlieue de Dakar se ressemblent, comme on rallonge la sauce d'un plat de la veille. La recette est la même. Mais certains ingrédients peuvent en transformer le goût : une usine pétrochimique, un hôpital, un marché, une gare, une voie rapide. Un même quartier peut être sucré au nord et bien trop salé au sud.

Sur cette partie de la nationale, les bus, les poids lourds et les cars rapides crachent leurs poumons. Trois moutons broutent l'herbe sèche au pied d'une publicité « Soigne les hémorroïdes ». Tibilé lance à Issa : « Tu vas te faire soigner les hémorroïdes, c'est ça ? » Issa rigole à peine. La première fois qu'il est allé chez ce marabout, c'était pour le mari blanc de sa sœur qui vit en France. Le mara lui avait remis quelques prières à faire et une pommade à appliquer sur l'anus, avec un cactus dessiné dessus.

Quand il marche, Issa a toujours l'air de savoir où il va. Et il parle toujours des mêmes choses. De ce qu'il a fait hier, de la fille qu'il a rencontrée, du spectacle qu'il a vu en ville et des motifs wax du moment. Une série de bandes-annonces qui tournent en boucle, sans que jamais il te montre le film de sa vie. Tibilé se met souvent en retrait, pour l'observer. Son grand-père Kissima disait : «Les yeux, c'est le seul endroit où l'on peut voir à l'intérieur des gens.» Quand il s'arrête de parler, Issa a le regard qui s'égare dans la douleur de son histoire familiale.

Dans la cour du marabout, des chaises en plastique bordent les quatre murs enduits de chaux blanche. Les mêmes qu'on retrouve partout : rouges, bleues, jaunes. Certaines sont logotypées Fanta, Coca-Cola ou Orangina. Avec le temps, elles prennent le rythme du pays, se détendent, le plastique devient trop souple pour supporter les grosses fesses.

Une dame qui doit faire dans les deux mètres les accueille d'un «salamalékoum» de réfrigérateur. Elle en voit passer, des gens, sous les feuilles bien vertes du grand corossol planté au milieu de la cour. On vient chez le marabout pour retenir son mari, stériliser sa coépouse, rallonger sa bite, obtenir une promotion ou éliminer ses manières de femme. Ici se déversent les secrets les plus inavouables et les maux incurables. Le mara oriente les décisions, absorbe les tares, répare les corps et les esprits. Au pays, du plus riche au plus pauvre, tout le monde a un mara, ou presque. Mais on va le voir en rasant les murs, et quand on le recommande, c'est toujours à voix basse.

La dame revient avec deux jus de tamarin. Une entreprise comme une autre, pense Tibilé. Avec fidélisation, service après-vente, satisfaction clientèle et obligation de résultat. À l'intérieur de la maison, les ampoules s'allument. On ne distingue plus que l'ombre des femmes, un enfant dans le dos, des balais et des marmites à la main. La lumière de l'écran de téléphone éclaire les traits fins d'Issa. Il se force pour ne pas regarder Tibilé. Dans deux jours ils auront les résultats du bac, et après ils se quitteront, peut-être pour toujours. Même si elle n'en parle jamais, il sait bien qu'elle va partir en France et ce qu'un départ vers l'Europe implique. La frontière coupe les branches du passé. Plus vite qu'on ne le pense, les souvenirs s'effacent et le feu de l'amitié finit par s'éteindre.

Il ne reste qu'un dépôt marron au fond de leurs verres de tamarin quand, enfin, le marabout apparaît,

au côté d'une femme en boubou vert pomme enro-
bant ses kilos de fierté et de richesse. Une puissante
aux larges hanches, à la poitrine coussin pour bien
dormir dessus. La lueur de la lune se reflète sur le
front bleu nuit du mara. Ses larges épaules donnent à
sa djellaba blanche la forme d'un lit satiné deux places.
En voyant Issa, il susurre : « Bismillah ! Entrez donc. »
Le salon est éclairé par un lustre oriental *made in
China*. Tibilé et Issa prennent place dans un canapé
molletonné style années quatre-vingt, à l'assise creuse
et au tissu à carreaux qui peluche. Un modèle stan-
dard, qui engloutit les culs et relève les jambes. Très
bon pour la circulation sanguine. Le marabout a une
manière délicate de s'asseoir. Son corps entier se prépare à tout entendre. Dans sa main droite, il égrène
les boules ocre d'un chapelet à franges :
– Alors, Issa ? Comment ça s'est passé ?
– J'ai eu un problème, c'est pour ça que je voulais
vous voir.
Le marabout fait un léger son de bouche, hoche
la tête et continue d'égrener. Issa poursuit son petit
débit infantile :
– Le deuxième jour, il n'a plus fonctionné, j'ai
essayé de passer mais vous n'étiez pas là.

Le marabout l'arrête d'un léger mouvement d'index.

– Montre-le-moi !

Issa met la main à sa poche et en sort un Bic jaune au capuchon noir. Le marabout le regarde à peine, s'adosse au fauteuil et fait un sourire pour absorber les angoisses.

– Tu avais un autre Bic, j'espère ?

– On m'en a prêté un.

– Et ça s'est bien passé ?

– J'étais trop stressé, je sais plus…

– Ne t'inquiète pas, Issa. Avec l'aide de Dieu, ça va aller, inch Allah.

Tibilé vient de comprendre. Issa a passé son bac avec un Bic marabouté, censé résoudre les équations et disserter à ta place. Elle ne peut s'empêcher de le provoquer :

– Dis-moi, Issa, avec ce Bic, Monsieur Nietzsche s'est assis à côté de toi pendant l'épreuve de philo ?

Le marabout saisit le Bic de sa main droite, côté chapelet, et fixe Tibilé.

– Ce Bic-là n'est pas magique, hein ! Mais il donne de la confiance. C'est ce qu'on appelle la force du verbe !

Il aurait pu commencer par lui donner un Bic qui fonctionne. Et puis Tibilé n'a jamais apprécié ce modèle. La bille est trop fine, elle roule mal et perce le papier. Elle n'utilise que les modèles transparents. Sa sœur et ses frères lui en rapportent des boîtes entières de France et sa mère en vend même à la boutique. Le marabout passe sa main gauche sur sa barbe comme pour changer de visage.

– Issa m'a dit, pour ton problème de cheveux. Tu veux me montrer?

Il décide du rythme. Mène sa danse. Te tire dans son lit de satin blanc. Ce que recouvre ce voile, elle a appris à vivre avec. Elle a apprivoisé la honte. L'enlever devant les autres, c'est rendre à nouveau visible sa souffrance.

– Tu n'es pas obligée, je comprends. Mais ce n'est pas bon de garder le mal pour soi.

Elle sent son corps s'enliser dans sa voix de sable mouvant. À côté d'elle, Issa ressemble à un animal que l'on va sacrifier sur un fétiche en bois au fond d'une forêt. Tibilé incline la tête, lève sa main et déroule son voile. Le marabout passe derrière elle. Sa djellaba effleure ses bras nus. Elle sent sa respiration lente, ses doigts chauds sur son crâne et sa forte odeur de tchouraï. Des mots, en arabe, se mêlent à son haleine d'encens, puis disparaissent avec lui dans la pièce d'à côté. Issa et Tibilé restent là, immobiles, dans le canapé, jusqu'à ce qu'il revienne avec deux feuilles pliées en quatre.

– Le matin des résultats, avant la première prière, vous prenez la feuille et vous la trempez dans une bassine d'eau. Il faut attendre que les écritures quittent la feuille. Elle doit être blanche ! Ensuite vous pouvez vous laver avec l'eau… Dieu vous facilitera les choses, inch Allah.

Issa répète «inch Allah», avec sa tête d'écolier. Le marabout sort de sa djellaba un sachet en plastique, une poudre jaune, qu'il pose devant Tibilé.

– Pour tes cheveux, ça n'a rien à voir avec un problème médical. Tu peux voir dix docteurs, ça ne changera rien. C'est le mauvais œil. Trop de gens parlent sur toi. Cette poudre va te protéger, inch Allah.

Quand ils sortent sur le pas de porte, Issa tire des billets de sa poche. Le marabout pose sa main sur la sienne.

– Garde ton argent, mon fils.

Puis il se penche au-dessus de Tibilé.

– Je vois des conflits avant ton départ. Donne trois noix de cola à un vieil homme et du lait caillé à des enfants. Ça aidera.

Et il disparaît derrière les branches du corossol.

Dehors, on ne voit plus que l'arête des maisons, les feux de poubelles et, au loin, les phares des voitures sur la voie rapide. Tibilé tient la feuille humide du mara et la poudre jaune dans sa main droite. Comment ce marabout sait, pour son départ? Elle pense à toutes ces histoires dont sa mère la baigne depuis l'enfance. Les terrains de football qu'elle lui interdit de traverser à cause des gris-gris. Les amulettes qui rendent invisibles, celles qui te permettent de neutraliser un adversaire, de rendre fou amoureux, ou de voler le sexe d'un homme. Les rabs qui te parlent à l'oreille et les djinns qui s'emparent de ton esprit. Un héritage de croyances qu'elle a toujours voulu contenir, comme un feu. Cette feuille et ce sachet, ce sont des braises en lisière de la forêt. Baba a dit, un jour: «Ce qu'un mara va te donner, un jour tu vas lui rendre. Au nom de Dieu!»

Comme tous les matins, Baba se lève à 4 h 30. Il fait ses ablutions, met son tapis de prière sous le bras et marche jusqu'à la petite mosquée. La nuit se traîne, un vent timide lui caresse le visage. La prière de l'aube est sa préférée, elle a le goût de l'effort et de la privation. La mosquée est silencieuse, on n'entend rien d'autres que ses propres « Dieu est grand » résonner dans un corps à peine réveillé. Avant de repartir, il échange quelques mots avec le nouvel imam. Baba le trouve très bien, ce jeune. Il interprète parfaitement les textes et, dans ses prêches, ne tombe dans aucun des pièges que lui tend l'actualité brûlante. Et Dieu sait s'il y en a.

À son retour la lumière est parfaite. La façade de la maison prend des reflets roses. Il va pouvoir se rendormir, l'oreille collée à son petit poste de radio toujours réglé sur Radio France International. Mais quand il rejoint sa chambre, Aïcha est adossée à la tête de lit, les bras croisés et les yeux bien ouverts. Il n'a pas le temps de ranger son tapis de prière qu'elle a déjà planté le décor.

– Tibi est rentrée à minuit, hier soir !

Qu'est-ce que ça peut lui faire ? Baba s'endort tous les jours à 22 heures. Pas 22 h 15 ou 21 h 45, non, 22 heures.

Quand ils se sont mariés, Aïcha avait dix-huit ans et lui vingt-huit. Baba était encore étudiant en France, en fin de cursus à la Sorbonne. Aïcha a passé ses deux premières années de mariage à l'attendre chez son beau-père Kissima. Et pendant toutes ces années de vie commune, elle n'a pas cessé de lui reprocher ces longs mois passés seule, tandis que lui faisait l'étudiant à Paris. Pour Aïcha, cette période de sa vie est restée coincée comme une arête au fond de la gorge.

Baba s'est allongé dans le lit et a dit, d'une voix bientôt endormie :

– Ça va, je lui parlerai.

Mais on ne feinte pas aussi facilement Aïcha. Ce n'est pas le genre de femme que tu manipules aisément. C'est grâce à ça qu'il a pu construire sa vie avec elle. Ils ont réussi l'éducation de leurs enfants et, même si l'idée est venue le titiller maintes fois, il n'a jamais pris de seconde épouse. Elle a commencé à monter le volume :

– Tout ce qui t'intéresse, c'est les affaires du village et les terrains à construire pour tes fils. Mais quand il s'agit de tes filles, alors là, tu t'en fous complètement.

Pour Baba, lâcher un peu Tibilé, c'est justement penser à elle. Lui donner un peu de liberté. Il répond que Tibilé a toujours bien travaillé à l'école, qu'elle va avoir le bac et peut-être même une mention. Mais Aïcha en vient au fait :

– Imagine ce qu'elle fera en France, si déjà ici elle rentre à minuit.

Lui, sur le moment, tout ce qu'il veut, c'est la paix, et se rendormir.

– Qu'est-ce que tu veux que je fasse ?

Aïcha réfléchit, elle a le regard dur et ses reproches ne s'adressent pas seulement à sa fille.

– Il faut la punir. Il faut qu'elle comprenne. Ce n'est pas parce qu'elle a des papiers français qu'elle peut faire n'importe quoi.

– Tu ne veux pas qu'elle parte en France?

Aïcha hausse les épaules comme pour dire: «Ce n'est pas moi qui l'ai dit!» Sa femme est très forte pour faire prendre ses décisions par les autres.

Après cette manœuvre sur l'oreiller, Baba n'a pas réussi à se rendormir.

À l'aube, la maison des Coly a la fraîcheur du large. Neurone croque dans un petit pain au lait tartiné de Nutella. Sa mère Binette le regarde manger en prenant son visage de bénitier.

La seule fois où Tibilé et Issa ont été invités à dîner chez Neurone, on n'entendait que le râle de l'océan et le bruit des couverts contre les assiettes. Seul Monsieur Coly ouvrait la bouche : « Neurone, va chercher de l'eau » ou « Neurone, sers tes amis ». Il avait fallu être fort pour éviter le fou rire.

Rien ne dépasse, chez les Coly. Une maison blanche au style moderne et froid, à Thiaroye-sur-Mer. Un quartier sur le front de mer, en partie résidentiel. Un petit jardin avec piscine, un grand salon, une cuisine au frigo rempli de jus de fruits, de sodas et de Kinder Bueno. Les Coly font leurs courses en ville, chez Auchan, mais le bonheur ne s'achète pas, et personne n'a envie de traîner dans une maison qui abrite un drame.

Les pas de Monsieur Coly font trembler le lustre imitation Louis XIV du salon. Devant la porte d'entrée, il libère trois mots :

– On y va !

Binette voudrait intervenir. Mais ça fait longtemps qu'elle ne dit plus rien. Ce matin, Neurone va en ville avec son père. Ils ont rendez-vous à la première heure au consulat français, pour aller chercher son visa étudiant. Monsieur Coly a fait jouer ses relations et obtenu un entretien avec «mon ami Monsieur le consul». Il s'est occupé lui-même du dossier de son fils : justificatifs de ressources financières, compte à l'étranger, virement automatique, attestation d'hébergement et garants sur place.

Binette a toujours suivi de près le parcours scolaire de son fils et n'a raté aucune réunion scolaire, aucune remise de prix de son petit dernier. Chaque fois, elle a entendu les mêmes compliments, lu dans le regard des maîtres et des professeurs le même émerveillement. Elle a pris l'habitude des «qualités exceptionnelles de votre fils».

Binette connaît le film : la France va ouvrir à son fils ses bras flasques de vieille Blanche et elle ne le lâchera plus. Elle lui donnera une maison sur plans avec jardin, barbecue et balançoire. Son petit Neurone aura le sourire heureux de celui qu'on écrase contre une poitrine généreuse. Il reviendra au pays tous les deux ans pour montrer ses deux petits métis. Dix jours, pas plus. Parce qu'il aura «un boulot monstre» qui l'attendra en France.

Sa femme blonde se baladera dans la maison un répulsif à moustiques à la main. Elle ne voudra pas aller en Casamance. La peur du palu et le traumatisme des quatre touristes français tués en 1995 par les rebelles indépendantistes. On aura beau lui dire que c'est une vieille histoire, elle restera fermée comme une moule mal cuite. «Moi encore, ça va, j'ai peur de rien ! Mais c'est surtout pour les enfants.» Elle préférera louer une maison sur la petite côte, au sud de Dakar, dans les villages touristiques de Somone ou de Popenguine, mais jamais à Saly. «Je sais pas. Je me sens pas bien là-bas. Avec tous ces toubabs-là !», elle dira en prenant un drôle d'accent africain.

À Dakar, elle voudra absolument acheter des fruits de mer, « y sont tellement pas chers ici ! C'est tellement délicieux ! Je comprends pas que vous en mangiez pas plus ». Et à la maison, elle posera toujours les mêmes questions gênantes : « Pourquoi les femmes ne mangent pas avec les hommes ? Pourquoi c'est toujours elles qui font le ménage et la cuisine ? » Elle ordonnera à son propre garçon de débarrasser la table, et Binette interviendra timidement : « Laisse-le tranquille… il est en vacances », arrondissant chaque fin de phrase, juste pour garder la relation intacte. Et elle soufflera de soulagement quand au bout des dix jours elle les verra passer le portique de l'aéroport sans rayure, comme une voiture de location dont on ne veut pas perdre la caution.

Si Neurone s'en va, il lui restera toujours Paulin, son premier. Quand Binette va à la paroisse et qu'elle s'agenouille devant celui qui est mort pour nos péchés, c'est vers son fils aîné que les prières vont. Elle ne peut rien y faire. L'amour d'une mère ne déroge pas à la préférence du cœur. Binette a grandi au village, à Dioher, sur la route de Cap Skirring, et elle préfère les hommes qui règlent les problèmes avec leurs dix doigts plutôt que ceux qui ne font que réfléchir et finissent par en créer. Le grand frère Paulin répare tes toilettes qui fuient, ta machine à laver qui déconne, relance le groupe électrogène quand il y a des coupures d'électricité et, surtout, il sait prendre les femmes dans ses bras. Neurone est né cinq ans après Paulin et, pendant sa grossesse, sa mère a perdu son grand frère Rigobert. Neurone a été porté dans un triste liquide amniotique. À sa naissance, il a hérité du drame familial et du prénom de l'oncle mort.

Son père a bien essayé de le dissuader d'aller en France : « Tu sais, j'ai un ami qui est directeur de la meilleure école de commerce à Dakar. Aujourd'hui, ils n'ont rien à envier aux écoles européennes et tu pourras voyager autant que tu veux. » Mais Neurone ne veut rien entendre. La France et c'est tout. Monsieur Coly s'est fait une raison. Son garçon a toujours été brillant, il ne peut pas lui refuser ces études à l'étranger. Mais il lui donnera le strict minimum. Neurone fera la plonge dans un restaurant s'il le faut. Et surtout, pas question d'étudier la littérature ou même les maths. Il faudra qu'il soit opérationnel rapidement. Une formation courte, où on t'apprend à vendre, à marketer, à lire un marché.

Quand Neurone a dit à ses deux amis qu'il obtenait le visa grâce à son père, Issa et Tibilé ne l'ont pas critiqué. Au contraire, Issa l'a checké en disant : «Neurone, c'est mon boy, ça! Un vrai triple V.» Un code qu'ils ont inventé pour désigner les types blindés, les riches, les puissants, qui ont une propriété avec piscine, roulent en Range Rover et sont au-dessus des lois et des frontières. La règle des trois V est simple : «Villa, Voiture, Visa».

Mais Neurone, ça lui gratte la peau d'obtenir un visa par un simple coup de téléphone alors que d'autres se tapent des réunions d'information à Campus France, ou soudoient parfois l'administration française pour obtenir simplement un rendez-vous. Tout s'achète, dans ce pays, surtout quand on est pauvre. Neurone n'arrête pas de rabâcher qu'avec son excellent dossier scolaire il n'a pas besoin des appuis de son père. Mais rien n'est sûr, dans ce contexte de crise sanitaire et de climat politique antifrançais. Et puis, au pays, quand un privilège se pointe devant toi, il faut être fou pour lui tourner le dos.

Alors, même si l'obtention du visa devrait se régler en deux poignées de mains et quelques faux sourires, Neurone a préparé ce rendez-vous comme s'il allait passer un véritable entretien consulaire. Pour se donner bonne conscience, il a regardé toutes les vidéos de Ali Boy, un youtubeur sénégalais étudiant en France qui donne toutes les ficelles pour ne pas se faire recaler. Bien se présenter, ne pas porter d'écouteurs sur les oreilles, prendre des notes quand on vous parle, avoir en tête son projet professionnel, savoir parler de sa filière et de la ville où on fait sa demande d'inscription. À la fin, il n'en pouvait plus, de la tête de ce type. Son petit air vénal pour demander toutes les cinq minutes aux internautes de s'abonner à sa chaîne. Sa manière hautaine d'avertir : «Moi, je suis en France, maintenant. Si vous ne suivez pas mes conseils, si votre visa est refusé, ne venez pas pleurer sur ma page Instagram.» Cet Ali Boy, avec sa petite gueule de mec très content de lui, dans son petit appartement français avec cuisine tout équipée, est tout ce que Neurone déteste.

Mais cet influenceur a sûrement obtenu son visa sans passe-droit, par ses propres moyens. Alors que ce matin, la mère de Neurone lui a tartiné un pain au lait de Nutella et son père va l'amener voir «mon ami Monsieur le consul» dans sa grosse voiture toutes options. Neurone n'arrête pas de dénoncer la corruption étatique, le manque d'exemplarité des ministres, le néocolonialisme français, et aujourd'hui le voilà pris dans les rouages du clientélisme. La révolte d'un fils de riche fera toujours un peu sourire.

Le Range Rover de Monsieur Coly sent le neuf d'importation. Une fragrance de cuir, d'essence et de beaucoup d'argent. Au péage, Neurone regarde le soleil se lever sur le quartier de Pikine. Un œuf poché prêt à faire couler son jaune sur Dakar. D'ici, la banlieue regarde le centre-ville avec la fierté du pauvre qui enfante artistes célèbres, grands footballeurs et lutteurs.

Neurone ne sait pas trop s'il aime Dakar. Il ne s'est jamais posé la question. Lui, il aime Tibilé, c'est tout. Neurone est dans une éternelle peine d'amour. Un souffle au cœur qui l'épuise. Il ne lui a jamais déclaré sa flamme mais, tous les soirs, sous ses draps, il ferme les yeux un mouchoir à la main et il pense à elle.

Sur l'autoroute, le Ranger Rover du père passe les cent quatre-vingts, colle aux pare-chocs et lance des appels de phares de sommation. Le coup de pression des puissants. Au loin, les fumées s'élèvent au-dessus de la décharge de Mbeubeuss. Un océan de déchets qu'on brûle la nuit, quand les poumons dorment. Bien visible dans le rond-point de Fann, un grand immeuble aux vitres teintées avec, sur le toit, une grosse Porsche Cayenne et des lettres géantes : « CKM ». La concession familiale.

Son père a quitté la Casamance il y a une trentaine d'années, en appuyant fort sur la pédale d'accélérateur. Il avait là-bas une petite entreprise de transport. Quand ça a commencé à vraiment chauffer dans la région, et que les touristes ont déserté la zone et ses conflits armés, il a liquidé l'entreprise, vendu tous ses véhicules. Avec cet argent, Monsieur Coly a acheté un garage à Dakar. Idéalement placé, à mi-chemin entre la ville et la banlieue. Il l'a appelé « CKM » pour « Coly King Motor ». À quatorze ans, Paulin, le frère de Neurone, a arrêté l'école et s'est mis sous les voitures avec son père. Le garage s'est imposé par son sérieux. Paulin est allé faire plusieurs formations en Europe pour se perfectionner, en électronique notamment – le point faible de la plupart des garages du pays. Coly King Motor s'est développé, jusqu'à devenir la concession la plus importante de Dakar. Pour se marrer, Issa et Tibilé ont même surnommé Monsieur Coly «The King».

Les premiers vendeurs ambulants sont déjà assis sur les glissières de l'autoroute, ils proposent noix de cajou, maillots de foot, photos de La Mecque sous cadre géant, mandarines et sachets plastiques d'eau minérale. Des articles achetés chez les Chinois du Plateau. Ils attendent l'embouteillage pour venir se coller aux vitres. Neurone se sent toujours mal d'ignorer ces jeunes qui se lèvent à 4 heures du matin et passent leur journée dans les fumées d'échappement, alors que lui est confortablement assis dans un Range Rover à 91 900 euros – sans compter les taxes d'importation. On dit que le nouveau TER construit par Alstom, la multinationale française, va désengorger ces grands axes. Neurone se demande où iront travailler tous ces vendeurs ambulants. Sûrement qu'ils iront courir le long du chemin de fer.

L e bâtiment du consulat de France ressemble à un vieux Blanc qui pue l'histoire embarrassante.

– Dépêche-toi, ordonne son père.

Ce rendez-vous est tout aussi important pour lui que pour son fils. Un Noir est au guichet. Issa, qui a l'habitude d'aller au consulat pour accompagner sa sœur, l'a prévenu : «Les Blancs, y restent dans les bureaux.»

– Salamalékoum, c'est pour une demande de visa, pour mon fils.

Le guichetier répond avec la voix d'un légume cuit très longtemps :

– Salamalékoum, prenez un ticket et attendez là, s'il vous plaît.

– Dites à Monsieur le consul que Monsieur Coly est là, a insisté le père de Neurone.

Les sourcils froncés et les cent vingt kilos de Monsieur Coly n'ont pas eu beaucoup d'effet sur le légume cuit. Pendant une heure, Neurone et son père ont regardé les employés du consulat passer devant eux comme s'ils étaient en train de se promener au bord d'une piscine. Monsieur Coly a contenu sa rage. Comment «Mon ami monsieur le consul» pouvait lui faire ça? L'attente, c'est pire que la gifle. Il regardait sa montre, soufflait, et n'arrêtait pas de sortir pour gérer ses affaires au téléphone. Quand Neurone n'a plus eu de batterie sur son portable, il a lu toutes les affiches punaisées dans le couloir. Finalement, un jeune Blanc en costume bleu nuit est arrivé devant eux.

– Monsieur Coly! Je me présente, je suis monsieur Lent. Monsieur le consul a eu un empêchement, il m'a chargé de l'excuser auprès de vous et de m'occuper de votre dossier.

Et il a tourné les talons, de ses pointues en cuir noir, pour bien montrer que son temps était précieux.

Monsieur Lent a un bureau climatisé décoré des photos de ses proches. À côté du clavier de l'ordinateur, deux enfants blonds, brassards aux bras, dans une immense piscine d'hôtel. Devant le téléphone, Monsieur Lent et sa femme, en maillots de bain, allongés sur un transat de plage privée. Dans leur main, une noix de coco plantée d'une paille, et sur leurs lèvres le «*cheese*» du bonheur mis en boîte. Derrière la chaise, accrochée au mur, une famille de grands blonds et minces sur le parvis d'une vieille église. Ils lèvent les bras et sourient, le teint éclatant, même les plus vieux. Chez les Coly aussi, y a des photos. Du grand frère Paulin en tenue de militaire sur un quai du port de Dakar. Du père dans son premier garage. Et de l'oncle Rigobert, entouré de sa femme et de ses trois filles, devant la paroisse de Ziguinchor.

Monsieur Lent pose les coudes sur son bureau.

– C'est pour un visa étudiant, c'est ça?

Le père de Neurone répond que oui, sort le dossier et ajoute que tout a été vu avec Monsieur le consul.

– Vous avez de la chance de connaître Monsieur le consul, c'est très compliqué d'obtenir des visas, en ce moment.

Neurone est au fond de son siège, comme un enfant qu'on a traîné devant le proviseur. L'homme feuillette le dossier, s'arrête en plein milieu, le referme et dit :

– Je vois.

Qu'est-ce qu'il a vu ? se demande Neurone. Que Monsieur le consul accorde des faveurs à ses amis ?

– Avec ce climat antifrançais et le contexte sanitaire, c'est vraiment, vraiment, devenu compliqué.

Monsieur Coly se tourne vers Neurone.

– En tout cas, mon fils a toujours aimé la France. Il a même été plusieurs années de suite le grand gagnant du concours d'éloquence du lycée français Jean-Mermoz.

Monsieur Lent fait un sourire de marionnette, attrape le passeport et les laisse seuls, face au portrait d'Emmanuel Macron et son petit sourire de délégué de classe. Lorsqu'il revient, il pose le passeport sur la table.

– Vous savez, on a externalisé depuis peu le service des visas étudiant mais à l'époque où c'était encore ici, j'aimais beaucoup entendre les étudiants me parler de leurs motivations.

Neurone a préparé cette question. Il en a, des choses à dire. Sur Sup de Co, son projet professionnel, ou l'histoire des villes françaises qu'il vise. Mais face à ce jeune Blanc trop bronzé, qui multiplie par quatre son salaire en détachement à l'étranger, il se voit plutôt cracher : « Je m'en fous de ta France où les gens crèvent sous les ponts. J'y vais quand je veux, dans ton pays qui pille notre pétrole et se gave avec nos marchés publics. Si vous avez la santé et l'éducation gratuite, c'est grâce à nous ! Profitez-en bien, parce que ça va pas durer. » Seulement la vie, c'est pas du cinéma, avec des répliques écrites à l'avance, et Neurone ne parvient qu'à balbutier un pathétique :

– Heu !… Je…

Monsieur Lent coupe court et se lève.

– Sur ce, messieurs, je vous souhaite une bonne journée !

Et il les raccompagne à la porte de son bureau. Avant de sortir, le père de Neurone tend la main avec un « Merci ». Mais Monsieur Lent lui montre du doigt une petite affiche sur les consignes sanitaires :

– Désolé, on ne serre plus les mains. C'est la procédure.

Dehors, le soleil a perdu sa virilité. Monsieur Coly a la démarche d'un roi après une bataille perdue. Une fois dans le Range Rover, Neurone ouvre son passeport. République du Sénégal, « Un peuple. Un but. Une foi ». Il tourne les pages jusqu'au visa Schengen. Valable trois mois. Il ne ressent pas grand-chose, finalement. Il va quitter sa famille pour la France, trouver un appartement, un petit boulot et suivre des cours de commerce et de marketing. Peut-être que tout ça est allé trop vite. Il ne pense qu'à une chose maintenant : montrer son visa à Tibilé. Son père rabat le pare-soleil, soupire un « Petit con ! » et fait ronfler le moteur.

La maison des Kanté est en plein cœur de Diamaguène : « La paix c'est mieux », en français. Un quartier en face du camp de Thiaroye. Là où trente-cinq ou cent quatre-vingt-onze tirailleurs sénégalais – tout dépend de celui qui écrit l'histoire – ont été fusillés le 1er décembre 1944 par l'armée française, pour avoir réclamé leurs indemnités de soldats emprisonnés pendant quatre ans dans les stalags de l'Allemagne nazie. « L'administration française, c'est le diable en costume-cravate », disait toujours Kissima.

C'est une grande maison d'angle sur deux étages avec une petite boutique en rez-de-chaussée, tenue par Aïcha. Un classique de l'architecture sénégalaise pour générer un peu plus de revenus. Au fond, y a une cour intérieure où se promènent toujours un coq et deux ou trois moutons à qui Aïcha a donné des noms. Ce qui peut créer un petit drame sentimental quand il faut les égorger. Sauf s'ils emmerdent le monde à bêler toute la nuit, comme Bouba et Bambi, les deux moutons du moment. Le jour de la Tabaski, la fête religieuse, personne ne pleurera ces deux-là, lorsqu'on leur passera la lame sous la gorge. «Bismillah», et sans regret.

C'est comme un gros cœur qui fait de l'hypertension, cette maison. Un battement d'entrées et de sorties. Tu entres, tu t'annonces et tu attends dans le premier salon. Il y a toujours là des gens du quartier et de la famille plus ou moins éloignée. Ils arrivent du village, vont au village, atterrissent de France, décollent vers la France. Ils viennent gratter des CFA ou sont là pour en donner. Ceux qui ont quitté leur village pour régler des affaires ou faire leurs études peuvent rester quelques jours, voire quelques années. Chez les Kanté, personne ne te dira de partir. En fonction des arrivages, on fait de la place dans la maison. On déplace les enfants d'une chambre à l'autre, comme des meubles.

Le rez-de-chaussée est dédié aux affaires courantes. Y vivent les femmes, les enfants et ceux qui ne restent pas longtemps. On y retrouve le même canapé que chez le marabout. Dans ce canapé se sont posés des culs de toutes tailles et de toute ethnies, avec pour écrasante majorité des Soninkés. Cette ethnie qui sait garder son argent, ses traditions et ses papiers français.

Quand il a fallu libérer la France et réanimer son économie d'après-guerre, les Soninkés y sont allés. Et aujourd'hui, l'argent de la diaspora leur donne du pouvoir. Auquel s'ajoute le poids électoral. Ils sont nombreux, dans les villages soninkés, à avoir la nationalité française et à voter depuis un isoloir de brousse, sous quarante-cinq degrés, pour élire les Hollande, les Sarkozy et les Macron. Et dans cette zone semi-désertique qui borde le fleuve Sénégal, on se fout de ton projet de réforme sur les retraites ou de savoir si tu vas augmenter le budget de l'Éducation. Ce qui compte, c'est le nombre de panneaux solaires que tu installes au village et le forage que tu proposes pour irriguer les champs. Du concret. Quant aux petites élections aux postes de consul briguées par ces chefs d'entreprise blancs qui sont là depuis tellement de temps qu'ils ne prennent plus d'antipaludéen, toutes les petites attentions sont les bienvenues : une livraison de moutons, de riz ou de sucre reste la meilleure manière d'infléchir les sondages.

Dans le fond de la pièce, une petite télé capte mal les seules chaînes nationales, un grand congélateur garde au frais deux morceaux de capitaine, cinq maquereaux et les légumes nécessaires à l'unique repas de la journée. Car chaque jour où Allah met son réveil au-dessus de nos têtes, chez les Kanté on te servira le même plat : un thiep.

L e matin, les moutons bêlent, les hommes ron-
flent, les femmes balaient et les moustiques
lancent leurs derniers assauts. Dans son lit, à moitié
endormie, Tibilé sursaute. « Réveille-toi ! Ton père
veut te voir. » C'est la convocation que lui lance sa
mère avant de partir au marché. Emballée dans un
boubou rose, Aïcha ressemble à un bonbon « Haribo,
c'est beau la vie ». Une fraise Tagada que les frères
de Tibilé rapportent de France à prix d'usine et que
sa mère préfère vendre à la boutique en bas de la
maison plutôt que d'en faire profiter la famille.

Hier soir, Tibilé est rentrée à minuit de chez le
marabout. Bien après 21 heures, le couvre-feu offi-
ciel. L'entrée principale était encore ouverte. Pas

besoin de sonner ou de frapper, pour entrer chez les Kanté. Un vrai moulin. Il arrive souvent que des voleurs tentent leur chance. Ils passent la porte, prennent ce qu'ils peuvent et ressortent parfois avec des bleus quand ils tombent sur un oncle, un cousin de Tibilé, ou pire, sur son père. Si tu attrapes un voleur, tu peux en faire ce que tu veux. C'est la règle. Un jour, Baba en a choppé un dans la cuisine. Il a fermé la porte pour que personne ne puisse lui venir en aide. Quand il en est sorti, le voleur était allongé par terre, comme mort.

Tibilé a toujours regardé son père de loin, comme on admire un héros à la télé. Enfant, elle allait jusqu'à mimer ses gestes, emprunter sa voix grave, sa manière de s'exprimer par phrases courtes et rapides qui mettent fin aux débats. L'ancien cadre de la banque des États d'Afrique de l'Ouest adore parler politique, et quand l'un de ses frères ou de ses cousins vient le voir, il part dans des monologues passionnés, avec changements d'intonations et d'expressions faciales. À l'écouter, il est la seule personne capable de raisonner correctement, dans cette maison. «De toute façon, aujourd'hui, tout le monde se croit spécialiste de tout. Le moindre petit minable va donner son avis sur l'économie du pays, alors qu'il n'y connaît rien!» À ses yeux, et sans jamais l'avouer publiquement, Tibilé est la plus intelligente de ses cinq enfants.

Kissima, son propre père, avait surnommé sa petite-fille «Tibi Toubab». Pas parce qu'elle parlait mieux français que les autres, même toute petite. Mais parce qu'elle résiste depuis toujours à ce qu'on lui demande. Une résistance silencieuse. Le vieux Kissima disait en rigolant: «Tibi, elle est comme les Français, elle se met en grève.» Baba le sait. Tibilé n'a jamais été une enfant facile. Une enfant facile, tu en fais ce que tu veux.

– Entre, Tibi!

Baba a pris sa voix d'inspecteur des impôts. Elle quitte ses claquettes devant l'entrée. Chez les Kanté, les pas de porte sont des parkings à claquettes que tu peux emprunter comme des voitures de location.

Le salon du premier étage est le royaume de Baba. Où il regarde son foot, avale son thiep et ses livres religieux. Où il reçoit oncles, amis, voisins et cousins à la voix qui portent. Où il s'endort chaque soir avant de rejoindre Aïcha dans sa chambre.

Aujourd'hui, Baba est dans un qamis blanc à broderie or première qualité, rapporté de son pèlerinage à La Mecque. Sa barbe blanche est toujours aussi bien taillée et son parfum, «Pour un homme» de Caron, embaume de lavande le velours blanc des quatre canapés d'angle.

Au-dessus de Baba, «Héros et Martyrs d'Afrique», un grand montage photo dans un cadre en bois noir. Onze hommes, l'équipe disparue de l'espoir politique africain. Tout en haut du tableau, la ligne d'attaque. Senghor, premier président du pays, prend sa pose de poète devant une bibliothèque d'académicien. Sankara, tenue de militaire et regard d'homme intègre. Modibo Keïta, et son air de tonton que tu n'as pas envie de décevoir. Kadhafi et sa tête de Kadhafi. Tibilé a grandi avec ces personnages dont elle ne sait pas grand-chose. Seulement les grandes lignes : coup d'État, panafricanisme, emprisonnement et assassinat politique. Un concentré d'histoire à la sauce française, à faire des remontées acides.

– C'est pour ton départ en France, là !

Baba ne lui parle pas d'hier soir. Sa mère a-t-elle couvert son retour tardif ? Peut-être qu'il ne sait rien. Mais vite le visage de Baba s'assombrit.

– Pour ton bac, là ! Il faut que tu aies une mention !

Elle est sonnée. Se reprend. Ne jamais perdre son sang-froid. Toujours garder la tête bien au frais et la bonne distance.

– Quelle mention ?

Il ne la regarde même plus.

– Je m'en fous de la mention, il faut juste que tu aies une mention !

Les paroles de Baba sont gravées dans le marbre comme les commandements de Moïse avant de traverser la mer.

– Et si j'ai pas de mention ?

Baba ne fait pas une tête de Senghor ou de Sankara, mais plutôt de Kadhafi.

– Tu iras à l'université Cheikh Anta Diop avec tes amis, là !

Sans mention, pas de départ vers la France ? Elle restera là, dans la maison Kanté, et prendra un bus Dakar Dem Dikk ou le nouveau TER pour aller à la fac en ville ? La fin de ses rêves de solitude, à traîner dans les couloirs d'une fac française et danser le week-end dans les soirées étudiantes.

Se jeter aux pieds de Baba et le supplier n'est pas une option. Sa fierté, c'est tout ce qui lui reste. Elle sort un « D'accord ! » sec comme un coup de chicote. Elle en rajouterait bien. Pour le piquer, dire que l'université de Dakar c'est très bien et que l'enseignement y est même meilleur qu'en Europe. Mais elle va s'arrêter là. Il faudrait quand même pas énerver Kadhafi.

– Tu peux y aller, dit Baba avec le mouvement de la main qui chasse la mouche.

Tibilé se lève et, au moment de quitter la pièce, son père se ravise. Elle ne va pas s'en sortir comme ça. Il est obligé de rajouter cette peine en plus. Le supplément qu'on applique à ceux qui tiennent tête.

– Attends !

Elle s'arrête. Sur le tableau, Sankara la regarde avec le doux visage d'un homme mort pour ses idées.

– Y a ton cousin Jacob qui fait un séjour, là… Il est à l'hôpital de Thiaroye. Ta sœur va préparer le thiep. Tu vas lui apporter.

Encore un qu'on a dû envoyer au pays. Mamadou, Hamza, Daouda, Toumany, Bouna… Tibilé en a vu passer beaucoup, des petits cousins français. Elle ne se rappelle pas tous les visages, mais elle se souvient d'une chose. Le jour même où ils débarquent, ils pleurent tous. Les parents arrivent de France avec leurs enfants et prennent le vol de retour en en laissant un derrière eux… Pas de «Mon petit, y faut que je te parle», on ne lui dit rien. Une version du Petit Poucet sans passeport ni cailloux pour retrouver son chemin. La galère d'élever ses enfants en France, dans des cités de banlieue où les allocations familiales et les lits superposés ne suffisent plus. Quand on les envoie au pays, personne chez les Kanté ne leur laisse son lit, et on n'installe pas de moustiquaire au-dessus de leur matelas. Ils sont face à eux-mêmes et à la douleur d'avoir perdu leur PlayStation, leur paire de Air Max, leur doudoune bien rembourrée, leur entraînement de foot du mardi soir et leurs potes en bas du bloc. Ils sont maintenant plongés dans le noir de la nuit dakaroise.

Pas un jour sans que Neurone ne vienne voir Tibilé. Ce matin, il est prostré dans le canapé années quatre-vingt du séjour, une grosse mouche posée sur le front. Les femmes de la maison passent devant lui. Elles vont au marché, passent le balai, préparent le thé et changent les bébés. Au pays, les hommes ont le temps de voir la mort leur faire un petit signe de la main.

Lorsque Tibilé entre dans le séjour, un cousin lui tire la langue et un autre louche. « Tibi va chez les fous ! Tibi va chez les fous ! » C'est l'âge de la cruauté qu'on ne sait pas doser. Neurone est toujours ému, au moment de la voir. Tibilé est cette variété de mangue qu'on appelle les « ne-me-finis-pas ». On voudrait pouvoir la déguster toute sa vie.

– Tu révises pas, aujourd'hui? demande Tibilé.

– Tu sais que j'ai pas besoin de réviser.

– Le gars qui a la confiance!

– C'est pas possible que je passe au rattrapage. Tibi! Quand même! Moi c'est mention «très bien» et rien d'autre.

– On doit t'appeler «Monsieur Très bien», alors?

Neurone a cette capacité d'écraser le doute sous son pied. Ce qui le rend assez énervant, autant que son incapacité à sentir qu'une mouche s'est posée sur son front.

– Tu m'accompagnes, alors?

– Où?

– À l'hôpital, pour apporter le thiep à un cousin.

Tibilé a toujours évité l'hôpital psychiatrique de Thiaroye. Il faut passer devant pour aller chez Neurone et, encore maintenant, avec Issa, ils changent de trottoir quand ils arrivent à sa hauteur. Parfois des fous s'en échappent et on les retrouve dans le quartier, comme des cerfs-volants sans ficelle. Les enfants les insultent et leur jettent des cailloux. L'hôpital psychiatrique fait peur aux petits et aussi aux grands.

Mais Neurone suivrait Tibilé partout, même là-bas. Dès qu'il a su parler, il a dit: «Moi, je veux me marier avec Tibi ! » Ça faisait rire les adultes. Mais lui, il rigolait pas. Aujourd'hui, il est capable de citer Hegel, la Bible et Rimbaud comme de résoudre les équations les plus complexes, mais il ne parvient toujours pas à saisir une chose pourtant très simple : une Soninkée se marie avec un Soninké.

Midi. Dieu n'a pas mis de filtre solaire. Y a que les laobés pour rester dehors à cette heure-ci. Ces chiens jaunes avec leur tête pleine de cicatrices. Aïcha ne les aime pas : « Ces bêtes-là, elles ont dû faire beaucoup de mal dans leur vie d'avant. »

Tibilé s'est posé l'assiette de thiep sur la tête, et déjà les paroles de Neurone lui donnent plus chaud. La mention « très bien » qu'il va avoir. Son école de commerce, avant d'intégrer Sciences Po. Le vol Air France, le logement qu'il trouvera là-bas, le marché du travail et le coût de la vie.

– Tu m'avais pas dit que tu voulais faire médecine pour revenir travailler au pays ?

Il ne répond pas, change de sujet comme le font les hommes politiques :

– Quand j'arrive, je m'achète un vélo direct, pour livrer à manger. Tous les étudiants font ça. Ça paie bien à ce qu'il paraît.

Est-ce qu'il sait au moins faire du vélo ? Tibilé veut faire une blague sur les pizzas froides et collées au carton que les gens recevront. Pas sûr qu'il comprenne. Neurone manque d'humour. Elle l'a toujours trouvé un peu triste. Quand ils sont tous les trois avec Issa, il rit un peu à leurs blagues et puis se tait. Issa, qui est fort en surnoms, l'appelle « Nopi », le silence. Mais quand Neurone se retrouve avec Tibilé, c'est comme si le barrage lâchait toutes ses eaux.

En traversant la voie rapide, ils se prennent deux coups de klaxon et trois insultes. Tibilé remercie toujours Allah d'arriver vivante de l'autre côté. Avant, y avait un pont, ici. Aujourd'hui, il est coupé en deux, comme tous les ponts de la voie rapide, un mystère.

– Peut-être que j'irai étudier à Toulouse, la Ville rose, ou à Bordeaux, la ville de la traite négrière… Ça dépendra de la réponse.

Elle le relance mollement :

– La réponse de quoi ?

– Des écoles où j'ai postulé.

Il lui fait à l'envers. Qu'est-ce qu'il croit? Qu'elle ne sait rien? Elle connaît le père de Neurone. Ses grosses mains d'ancien garagiste, sa carrure de lutteur et son œil qui ne cède pas le passage. Quand Neurone sera en France, il ira là où Monsieur Coly lui dira d'aller, il fera ses études de commerce et, quand il aura fini, il reviendra travailler chez CKM, gentiment, en famille.

Et puis Neurone ne parle que de lui. À la fois, ça énerve Tibilé et ça l'arrange. Si c'était son tour de parole, elle ne saurait pas par quoi commencer. La mention qu'elle doit maintenant obtenir pour aller en France, ses problèmes de cheveux, ce marabout qu'ils ont vu hier, avec Issa, sa mère qui n'arrête pas de rôder autour d'elle avec un contrat de mariage, et ce cousin Jacob qu'elle n'est même pas sûre de reconnaître.

– De toute façon, la France, pour moi, c'est une étape. Mon objectif, c'est le Canada ou les USA. Là-bas, on est des investisseurs, des businessmen, en France on est des immigrés.

Au pays, quand on parle d'immigration glorieuse, c'est toujours de l'Angleterre, des États-Unis qu'il s'agit. Mais jamais de la France. Peut-être parce qu'elle est partout, ici. Dans la langue, les programmes scolaires, les émissions de télé, les enseignes de magasins et les panneaux de signalisation. Et puis, il y a les congés maternité que l'on vient passer au pays, le RSA des tantes au village, les cousins qui envoient d'autres cousins aux rendez-vous de Pôle Emploi pour continuer à toucher l'allocation, les mandats cash depuis des offices parisiens ou lyonnais, et tous ces vieux oncles et grands-pères qui votent aux élections françaises depuis le village. Les deux pays forment un couple qui se tourne le dos dans le lit conjugal. Et pour un Sénégalais, la France, c'est la femme auprès de laquelle tu vas te plaindre de tes maux de dos, alors que tu réserveras tes prouesses de lit à ta maîtresse.

Arrivés devant l'immense portail métallique de l'hôpital psychiatrique, Neurone se tourne vers Tibilé, victorieux.

– Moi, si je reviens au pays, c'est minimum pour être ministre.

Il lui sourit avec ses petites dents écartées en reprenant le refrain de Youssou N'Dour : «Immigrés, y faut revenir!» Il attrape le bas de son tee-shirt et accompagne les paroles d'un pas de danse. Il a la gestuelle d'un vieux Français qui fait du tourisme sexuel. Tout le monde au pays sait danser le mbalax, mais pas Neurone. Il faut savoir écouter le percussionniste et retomber sur le bon temps. Et Neurone n'écoute personne.

Tibilé regarde vers l'hôpital, elle n'est déjà plus là. Elle se voit lui chuchoter à l'oreille :

« Neurone, même si tu deviens président de la République, je me marierai jamais avec toi. Et même si j'en avais envie, ça serait impossible. Une Soninkée comme moi doit se marier avec un autre Soninké, de ma caste, bien choisi, sélectionné par ma mère, approuvé par mes oncles et validé par Baba.

Un jour, on fêtera mon mariage pendant toute une semaine. Tu seras invité. On dansera et les griots me chanteront. Au septième jour on sortira mon wakhandé, tous les tissus que ma mère garde depuis que je suis née, et le soir même, nos housmantas nous accompagneront, moi et mon mari, jusqu'à notre chambre nuptiale. Avant d'y entrer, mon housmanta me dira comment saisir la queue de mon mari et la rentrer dans ma bouche en faisant attention à mes dents. À mon mari, on lui expliquera comment lécher ma chatte et entrer sa queue doucement en moi. Et si on souhaite avoir vite des enfants, il pourra éjaculer en moi.

Une fois qu'on aura taché le drap, je resterai sept jours enfermée avec mon housmanta. Elle me parlera de toutes ces subtilités qui feront de moi une bonne épouse : le ventre, la chambre et la maison. Veiller à toujours être désirable, bien nourrir mon homme, ne pas être trop dépensière. Il ne faudra jamais hésiter à demander à Allah qu'il nous montre le chemin. Enfin, quand je sortirai de cette chambre, entièrement voilée, et que mon housmanta tiendra entre ses mains les draps tachés du sang de mon hymen, tu ne seras plus là. Tu auras enfin compris. »

– Je vais y aller, Neurone.

– Tu veux que je t'accompagne ?

– Non, c'est réservé à la famille.

– Attends !

Il sort son passeport, l'ouvre et lui montre son visa. Il n'a jamais su trouver le bon moment ni l'endroit. Tibilé descend l'assiette de sa tête, des gouttes de sueur coulent le long de ses bras et de ses flancs.

– Tu ne dis rien ? il lui demande.

– J'espère que c'est ce qu'il y a de mieux pour toi.

L'hôtesse d'accueil de l'hôpital a le visage fermé de la fonctionnaire qui t'annonce d'emblée : « Je vais bien te fatiguer, toi ! » Ses énormes seins remplissent son uniforme bleu et s'écrasent contre la grille de la cabine. Comme si elle voulait la faire péter. Sa peau est frottée au produit blanchissant, sa tête recouverte d'une perruque aux longs cheveux lisses. Sur ses grosses lèvres, qui savent admirablement bien poser le dédain, du rouge à lèvres bordé d'un surlignage marron. Une bouche à tchippage professionnel. À côté d'elle, un ventilateur tourne à fond, et derrière, accrochée au mur décrépi, une photo du président avec sa tête de gros poisson pêché au large. Parler avec ces gens-là, c'est comme jouer aux dames. Le but du jeu : manger tous les pions de l'autre.

– Bonjour, je viens voir Jacob Kanté !

– Il n'y a pas de Kanté, ici !

– Regardez bien, s'il vous plaît.

– Vous êtes ?

– Sa cousine.

– Vous avez le papier ?

– Quel papier ?

– Le papier d'autorisation de visite ! elle dit en levant les yeux au ciel.

– D'accord, appelez-moi le directeur.

– Monsieur le directeur n'est pas là !

– Je vais l'appeler, alors.

Tibilé sort son téléphone.

– C'est bon, allez-y ! Chambre 22. La prochaine fois, il me faut le papier !

Tibilé s'enfonce dans un couloir blanc à chaleur tournante. Trois hommes pivotent sur eux-mêmes en parlant seuls. Ils s'ignorent comme des enfants dans une garderie. Côté droit, un mur de briques projette sur le sol un labyrinthe d'ombres. Côté gauche, des portes métalliques aux petites ouvertures grillagées. Le couloir résonne de voix, de cris, de chants. Des verrous se ferment et s'ouvrent sur des «Heure des visites!».

Avant d'entrer dans la chambre 22, Tibilé colle un œil à la grille. Un homme est assis sur le lit, tête baissée. Maintenant elle se souvient. Le cousin Jacob.

Jacob a débarqué en France à l'âge de huit ans. Son père était carrossier à l'usine Renault du Havre et il y avait eu un rapprochement familial. Trois mois après sa première rentrée scolaire, ses parents étaient convoqués à l'école élémentaire Jacques-Prévert. Cinq chaises, un bureau, ses parents, la directrice de l'école et une représentante de l'académie.

– Monsieur et madame Kanté, si nous avons décidé de vous convoquer aujourd'hui, c'est pour vous parler du comportement de Jacob. Nous n'avons pas vraiment de problème au niveau scolaire, c'est plutôt son rapport aux autres enfants qui nous poussent à penser que la place de Jacob n'est pas dans cet établissement.

La mère de Jacob ne parle pas bien français, elle ne répond rien. Mais elle connaît son fils. Depuis la première fois où elle lui a donné le sein, son premier regard, son premier cri, elle sait qu'il n'est pas un enfant comme les autres. Au pays, ça allait encore. Là-bas, on s'arrange de la différence.

La représentante de l'académie a alors sorti une feuille A4.

– Monsieur et madame Kanté, il existe des solutions.

C'était une liste d'organismes, d'associations et de structures d'aide médicale.

Au début, la mère de Jacob y est allée, accompagnée d'une nièce, pour la traduction. Elle s'est assise avec son fils dans ces salles d'attente où l'on met trois jeux d'enfant au sol et quelques vieux *J'aime lire*. Elle a rencontré des spécialistes et leurs phrases qui donnent le vertige :

– Alors, déjà, il faudrait prendre rendez-vous avec un pédo-orthophoniste. Votre fils présente des troubles dyslexiques importants. Il est possible que Jacob soit atteint de ce qu'on appelle une « psychose infantile ». Avez-vous des antécédents familiaux ? Un médecin traitant ?

À l'époque, le père de Jacob se lève à 5 heures du

matin pour aller à l'usine, sa mère à 6 heures pour préparer les quatre autres enfants, les accompagner à la crèche, à l'école, et continuer jusqu'en ville, B&B Hôtel Centre Gare, remplir des caddies de draps sales, ramasser des capotes par terre, passer l'aspirateur et rentrer le soir à la maison pour préparer le repas. Pendant que les frères et la sœur de Jacob allaient et venaient, attrapaient une manière de parler, de s'habiller, lui restait toute la journée dans le salon, devant la chaîne Gulli et le télé-achat. Un an comme ça, et on l'a ramené au pays.

Ce n'était pas le premier Français qu'on laissait chez Baba. Mais c'était le premier de cet âge-là. D'habitude, ils arrivent à l'adolescence, avec la voix qui vient de passer la barre des graves. On les envoie au pays avant d'aller les chercher au poste de police. La famille soninkée est une mutuelle. Elle prend en charge les problèmes de la vie sans poser de questions. Tu viens, tu déposes et tu envoies tes cotisations par Western Union ou Orange Money.

Tibilé se souvient maintenant du jour où sa tante a laissé Jacob à la maison. C'était y a peut-être dix ans, ou plus. Jacob avait collé son visage entre les cuisses de sa mère, comme s'il voulait retourner en elle. Le soir du départ, elle n'arrivait pas à entrer dans le taxi. Elle était en larmes, sous le lampadaire jaune à l'angle de la maison, entourée de ses deux autres fils, à peine plus âgés que Jacob. Cela avait duré une heure. C'est long, une heure de drame. Aïcha ordonnait : « Y faut que tu y ailles, maintenant ! » Baba, pour échapper à l'émotion, s'attachait aux choses concrètes : « Vous allez rater votre vol ! » Tibilé revoit encore le taximan. Un jeune gars avec un bonnet Chicago Bulls sur la tête. Le témoin silencieux de cette douloureuse cuisine familiale.

Quand la voiture a disparu à l'angle de la rue, on ne pouvait plus retenir Jacob. Il se débattait avec une force surnaturelle. Même Baba avait du mal à le contenir. Un oncle du village était là, un grand agriculteur aux mains terreuses. Ils l'ont porté à deux jusqu'à sa chambre. Jacob a crié toute la nuit. Des cris à briser les fenêtres. Ce soir-là, dans la maison, les enfants se regardaient en se demandant ce qu'on faisait à l'un des leurs. C'était bien plus terrible qu'un simple chagrin.

Les jours suivants, Jacob parlait seul, regardait les murs pendant de longues heures et pouvait crier et se débattre sans raison. Aïcha le prenait dans ses bras et lui chantait «*Ayo, ayo Touti*» pour le calmer. «Appelle sa mère!», lui disait Baba qui ne supportait plus cette situation. Ils en avaient accueilli des enfants, dans cette maison, mais pour Baba, celui-là n'était pas à sa place.

Au bout de quelques mois passés chez les Kanté, Jacob faisait moins de crises. Il s'est laissé bercer par les pleurs des enfants, le bêlement des moutons, le cycle des lessives, les odeurs du thiep, le flux migratoire des claquettes dans la maison, et la lumière des séries télévisées toute la nuit. Il lisait beaucoup. Tout ce qu'il trouvait. Et quand il n'avait plus de livres, il cherchait dans les cartables de ses cousins leurs cahiers d'école ou se plongeait dans les livres de prière de Baba. Il lisait en arabe et en français. Il récitait plusieurs pages du Coran par cœur, ce qui rendait tout le monde très fier.

Et un matin, plus de Jacob. Aucun registre de sortie. Juste un lit vide et une autre personne pour le remplacer. Si Tibilé avait demandé, on lui aurait répondu «Il est parti au village» ou «Il est retourné chez sa mère en France» ou «On l'a envoyé à Médina chez sa tante». Il était quelque part, flottant comme un astronaute dans la galaxie familiale.

Tout cela était un peu sorti de la mémoire de Tibilé. «Je crois qu'il était autiste, ou fou, un truc comme ça! Mais il était super intelligent! Ça, je m'en rappelle!» elle se dit maintenant.

Jacob est impeccablement coiffé et habillé. Un jean gris, une paire de sandales en cuir, un tee-shirt rouge, et un dégradé court qui fait ressortir son visage osseux. Les familles travaillent à rendre leurs fous présentables. Tibilé inspire fort et entre.

– Salamalékoum !

Toujours s'annoncer à Dieu et à ses créatures. Quand Jacob relève la tête, elle voit une gueule taillée dans la douleur. Tout de suite, il lui parle :

– Je te connais, toi ! Même si on ne connaît jamais vraiment les gens…

Tibilé en était restée à l'enfant qui criait à briser les carreaux des fenêtres. Jacob était tellement différent des autres que grandir, avoir des muscles, un sexe capable, une voix grave ne pouvait pas le concerner. Elle s'avance et pose l'assiette devant lui. Il déroule le torchon et enlève le couvercle.

– Le thiep! Le plat du colon! Quel Noir aurait mangé du chou?

Et se met à décortiquer le plat méthodiquement, comme le ferait un insecte. Sans lâcher l'assiette des yeux, il ajoute:

– Les mauvaises gens sont toujours dans ta famille! Un inconnu ne peut pas te faire de mal. Parce qu'il te connaît pas! Un inconnu ne peut pas t'emprisonner. Un inconnu ne peut pas t'ensorceler.

Il enlève une arête de sa bouche et la dépose sur le rebord de l'assiette.

– Tu as vu le Blanc dans le couloir?

– Non, quel Blanc?

– Y a un Blanc qui filme les fous.

Il plonge sa cuillère dans le riz et, avant de la porter à sa bouche:

– Et les autres, ils lui parlent. Je ne sais pas ce qu'ils lui racontent.

Les seuls Blancs que Tibilé a vus filmer, c'était sur les bords de plage, au lac Rose, vers les beaux hôtels ou sur l'île de Gorée. Ils prennent en photo les pirogues, les enfants, les baobabs et les cars rapides. Des images qui finiront sur une page Facebook accompagné de trois *likes* et quelques commentaires. Mais quel Blanc irait filmer dans un hôpital psychiatrique? Il faudrait qu'il soit lui-même fou. Jacob chasse une mouche avec sa main gauche, nerveusement:

– Les Blancs, je te jure… C'est eux qui ont embouteillé le monde! Avec leurs visas, leurs passeports!

Il déglutit, alors Tibilé en profite:

– Tu parles beaucoup, toi.

Il rigole fort, puis:

– C'est parce que toi, tu sais rien. Je dois t'apprendre.

– Moi je ne sais rien? Je te signale que j'ai mon bac.

– Impossible!

– Comment ça, impossible?

– Les résultats c'est demain.

Comment il sait?

Il se sert un verre d'eau, le boit à grosses gorgées et le repose. Puis il s'allonge dans son lit, les mains derrière la nuque.

– Après tu vas te marier et laver les fesses des vieux Français!

Et il se met à rire en regardant le plafond.

Dix minutes à peine et on tape à la porte : « Visite terminée ! » Tibilé enroule l'assiette dans le torchon, et avant qu'elle ne sorte, Jacob lâche une dernière salve :

– Tu es forte, toi ! Tu es forte mais tu es trop noire.

– Et ?

– Je parle pas de ta peau. Moi, je sais ce que tu caches sous ton foulard.

– Je m'en fous de ce que tu sais.

– Arrête de dire que tu t'en fous. Jamais on s'en fout ! Jamais !

Il se rallonge sur son lit et, à voix basse :

– Tu es très belle, Tibi Toubab ! Mais tes cheveux ne veulent pas de toi.

Le couloir est vide. Elle marche bien au milieu, à la lisière du labyrinthe d'ombre. Elle entend des cris continus de détresse. Comment il se rappelle son surnom ? Et comment il sait, pour ses cheveux ? Des années ont passé depuis son passage à la maison, mais lui n'a rien oublié.

Dans la soirée, Issa a rejoint la boutique d'Aïcha, il y est plus à l'aise que chez lui. C'est ici qu'il vient prendre ses mesures quand la mère de Tibilé a besoin d'une nouvelle tenue. La boutique ressemble à un garage. D'ailleurs, quand les architectes te donnent les plans de ta maison, les mêmes qu'ils ont fourni à tes voisins et qu'ils te vendent comme si c'était le fruit d'une très longue réflexion, ils te disent : « Là, soit vous faites un garage, soit vous faites une boutique. »

Aïcha y vend des produits rapportés de France par ses enfants. À chacune de leurs arrivées, elle a les yeux qui brillent. Les gros sacs à roulettes, avec leur étiquette Royal Air Maroc, TAP Air Portugal ou Air Sénégal, se transforment en cornes d'abondance : crème Nivea, bijoux plaqués or, couches pour bébé, ceintures pour femmes, ballons de foot, perruques naturelles, bonbons, brosses à dents, socquettes et autres articles très recherchés au pays. Aïcha passe son temps à courir les cérémonies soninkées. Entre les tenues, les frais de déplacement et l'argent à donner aux veuves, aux mariés ou aux griots, c'est un budget. L'argent de la boutique couvre ses frais de représentation.

Tibilé a déjà passé un pyjama Mickey Mouse et, du fond de la boutique, elle observe Issa tourner autour de sa mère et de sa grande sœur Fatou. Son Bic marabouté en panne le jour des épreuves, le stress des résultats de demain matin, tout semble lui passer au-dessus de sa tête, comme un vol sans escale. Issa a un mètre ruban dans sa main droite, des aiguilles dans la bouche, un stylo sur l'oreille et, partout collés sur son pantalon et ses avant-bras, de petits bouts de scotch annotés.

– Mais t'as encore pris des fesses, toi !?

Il s'exclame en prenant les mensurations de Fatou. La grande sœur de Tibilé a un sourire satisfait. Avoir de grosses fesses est une terre promise qu'elle a atteinte depuis longtemps. C'est la première fois qu'elle revient au pays depuis son mariage. Elle est arrivée la semaine dernière de France, avec son premier-né sous le bras, en congé maternité. Elle dit qu'elle vit à Lyon, mais en vrai, c'est à Vaulx-en-Velin. Quelque part dans le ventre de la France. Elle est partie là-bas juste après son mariage avec un cousin. Elle a fait les choses dans les règles, Fatou. Proprement. Même caste, même nom, même village. Tout le monde était content.

Tibilé reste dans son coin, elle a la tête de ceux à qui on a annoncé une longue maladie. Issa voit bien qu'elle se sent mal.

– Tibi ! Comme t'es belle ! Même en pyjama, elle vous enterre toutes !

Aïcha examine sa fille de haut en bas.

– Cette Noire-là ?! T'as vu comme elle est vilaine ?

Et ce petit sourire qui te laisse seul avec ton interprétation. Aïcha est l'enfant unique d'une mère qui lui parlait très peu. Taquiner ses propres filles, c'est pour elle le plus haut niveau de complicité. Tout cela n'est qu'un jeu. Mais elle sait aussi parfaitement quand il faut arrêter, ne plus être une amie, seulement une mère.

Dans deux jours, Aïcha est de mariage et elle sait d'expérience qu'avec Issa il faut bien se mettre d'accord sur les assemblages :

– Avec ce vert-là, tu fais le pagne et avec le jaune, tu fais le boubou et la coiffe.

– Tu veux pas que je mélange les deux pour la coiffe, et je fais les manches et le bas du pagne avec ce mauve-là ?

– Commence pas à me fatiguer, Issa, s'il te plaît !

Passer commande à Issa est une lutte. Et même si tu penses avoir remporté ton combat, tu n'as aucune certitude de ce qui va lui passer par la tête au dernier moment, quand il sera devant sa machine à coudre. Tibilé n'arrive toujours pas à savoir si c'est un très mauvais couturier ou un véritable artiste. Il peut te confectionner un boubou magnifique et le trouver sans intérêt et, à l'inverse, délirer sur une tenue de maîtresse de dictateur zaïrois, avec une jambe à moitié nue, le ventre apparent et des épaulettes de dominatrice, et la trouver magnifique. Et si tu lui dis que c'est pas possible de porter ça, il peut le prendre très mal. Ne plus te parler pendant des semaines entières. Issa se fout de tout mais si tu critiques ses créations, il peut se transformer en dangereux intégriste de la mode.

Face à Aïcha, avec un bout de wax dans une main et sa paire de ciseaux dans l'autre, il a la confiance d'un peintre admirant son chef-d'œuvre.

– Maman, tu sais que je suis un grand couturier, moi !

Issa est la seule personne qui appelle Aïcha « Maman ». Il est arrivé à Dakar accroché au dos de sa mère de dix-huit ans et très vite il a passé ses journées chez Tibilé, comme le chat des voisins qui revient pour son verre de lait. Issa a grandi au milieu des filles Kanté. Avec elles, il restait des heures dans la cuisine, ou dans le canapé du salon, à regarder des séries. Il passait des week-ends entiers dans la chambre de Tibilé et de Fatou. Issa n'est pas intéressé par les discussions entre hommes sur l'emprisonnement d'un opposant politique, la mauvaise gestion des travaux de l'autoroute, la corruption dans la police ou la forme de l'équipe nationale. Il préfère les ragots de quartier, les rumeurs de stars et les questionnements existentiels sur le choix d'une perruque ou d'un tissage. Issa se sent plus léger dans le tissu de l'amitié féminine. C'est pas pareil que de sortir avec elles. Là, tout de suite, c'est autre chose. Passées les premières semaines, elles commencent déjà avec les «Y faut que tu parles à mon père». Mais Issa ne veut pas entrer dans la cage conjugale. Il a tant de choses à faire avant. La vie roule trop vite.

L a lune est couverte d'une couette sombre et la
nuit retient ses larmes. Les *yards* de wax d'Aïcha
et Fatou sur l'épaule, Issa traverse le terrain de football. Le sable est encore chaud. Elles passent toujours
commande au dernier moment, ces deux-là. Rien à
foutre de ton bac ou de ton rattrapage. Tout ce qui
compte, c'est le boubou qu'elles porteront pour le
mariage d'une nièce qu'elles connaissent même pas.

Encore quelque temps à tenir. Après le bac, Issa
ira faire une école privée de stylisme à Dakar Centre,
qu'il se paiera avec ses travaux de couture. Sur l'allée principale de Diamaguène, les commerces ont
allumé leurs petites loupiotes au-dessus des pas-
tèques, de la viande séchée et des cartes Orange

Money. Une guirlande électrique qui mène jusqu'à Diacksao, là où sa mère et lui ont atterri à leur arrivée à Dakar. Un quartier au fond du fond de la banlieue, construit en tôles, transpercé par les autoroutes, trempé par les marécages et les eaux stagnantes des égouts.

De l'autre côté de la route, un stand de Tic Tic, les chaussures en plastique avec lesquelles tout le pays joue au foot. Avec, tu sens trop bien le ballon, comme si tu étais pieds nus, mais sans les bouts de verre et les morceaux de ferraille qui pourraient te blesser.

Les Tic Tic, tout de suite, ça lui fait penser au stage de couture qu'il a fait y a deux ans chez une styliste, à Médina, un quartier emblématique du centre-ville. La styliste était une Peule, comme lui. La fille d'un haut fonctionnaire. Formée dans une grande école new-yorkaise et revenue au pays pour créer sa marque. Une jolie fille, avec un discours fait pour plaire : « *Africa* est *so* créative *you know* ! » Issa la détestait. Elle arrivait le matin sans dire bonjour à ses employés mais quand des journalistes étrangers venaient visiter les ateliers, elle changeait de visage : « Ici, c'est comme une grande famille ! C'est la téranga. L'hospitalité, quoi! Tu entres, tu regardes. "*So*" comme on dit au pays, "on est ensemble"!» Issa l'observait du coin de l'œil. S'il avait pu la punir au coin d'une rue… Mais il devait avouer une chose: elle était très forte.

Durant son stage, elle avait organisé un grand défilé à Thiaroye Gare. «Je veux rendre la mode accessible aux quartiers populaires! Elle ne doit pas être élitiste!» Elle avait utilisé les rails de l'ancienne ligne de chemin de fer pour son show «Tic Tic Dakar». Il y avait les meilleurs rappeurs du moment et le show était rediffusé sur Fashion One, Paris Première et la télévision sénégalaise. Dans un pays où la couture se porte sur des talons hauts, elle avait mis tous ses modèles, garçons comme filles, en Tic Tic. À la fin du défilé, elle avait donné une interview à un média français branché: «Vous appelez ça méduses, nous on appelle ça Tic Tic. Vous les portez pour aller dans l'eau. Nous on les porte partout. Bientôt, vous ferez comme nous.»

Les vendeurs de Tic Tic, deux jumeaux, sont habillés pareil, boubou bleu clair et bonnet noir sur la tête. Issa n'a jamais compris le concept du bonnet en laine sous trente-cinq degrés. Éclairées par trois lampes torches, leurs Tic Tic de toutes les couleurs clignotent dans la nuit comme une œuvre d'art contemporain.

– Hé, boy, combien la paire?

– Donne 5 000! lui répond le jumeau de droite.

– Moi j'essaie de vous faire travailler et toi tu m'arnaques direct?

L'autre jumeau reste assis derrière, en retrait. Issa sort deux billets de sa poche:

– Allez tiens, 1 500!

En négociation, certains appliquent la règle de deux: on coupe à moitié. Mais Issa est dur en affaires, il pratique la règle de trois.

– OK, donne 3 500! réplique le vendeur avec le sympathique sourire de l'arnaqueur.

Le stand plaît à Issa, le style de ces jumeaux aussi, mais 3 500 pour des Tic Tic *made in China*, faut pas pousser. Il reprend sa route, rapidement arrêté par le vendeur:

– OK, OK! Donne 1 500!

Issa sait très bien qu'il aurait pu même descendre à 1 000. Ces Tic Tic le lâcheront à la première course, au premier pas de danse. Il choisit un modèle jaune et pense déjà à la tenue qu'il pourra mettre avec. Avant de repartir, Issa a une dernière question :

– Dis-moi, ton bonnet, là, c'est pour quoi ?

Le gamin fait un grand sourire gêné. Et celui qui était resté muet lâche avec un regard dur :

– C'est pour le *style way* !

Cette réponse lui va très bien. C'est même celle qu'il attendait. Il se retrouve un peu dans ces jumeaux-là. Ils sont comme ces deux anges qui viennent te parler à l'oreille. L'ange sage d'un côté : « Ne fais pas ça, tu n'es pas prêt. Tu dois surtout travailler et apprendre l'humilité. » Et puis l'autre, le Saï-Saï, le bandit, l'impatient. Il te dira de foncer, de tout tenter, de ne pas attendre : « Entre dans ce lieu d'expo à Médina et demande un stage ! Tu vas à l'Institut français et tu demandes à parler au directeur ! Tu t'en fous si tu n'as pas de rendez-vous ! Et un conseil : si tu veux avoir ton bac, va voir un marabout ! » Normalement, tu dois écouter un peu les deux, pour l'équilibre. Mais dans sa vie, Issa a surtout écouté son ange Saï-Saï.

Au-dessus de lui, les haut-parleurs de la mosquée se mettent à grésiller et un vent faible soulève la terre. Dieu annonce la pluie et rappelle à lui ses créatures.

Quatre murs, six fenêtres éclairées et une entrée embouteillée de claquettes. Les sandales en cuir sont laissées à l'intérieur. Personne n'ose voler dans la maison de Dieu.

Enfant, Issa se rendait dans cette mosquée presque tous les jours, à l'heure de la quatrième prière. Sa mère venait de se marier et il devait y accompagner son beau-père, qu'Issa a toujours appelé «l'Homme», et ses trois demi-frères. C'était son effort d'intégration à cette nouvelle famille. Il se plaçait à côté d'eux et reproduisait les gestes mécaniquement. Les adultes avaient le regard plongé dans le vide spirituel tandis qu'il observait les mouches se poser sur les crânes, la forme des pieds de chacun, la propreté des ongles, la corne sous les talons. Tout était bon pour passer le temps : une couleur de chapelet, une odeur de transpiration, et ces insupportables bruits de bouche. Il était encore trop jeune pour vraiment prier. Il n'avait pas encore goûté à la peur de la mort, à la culpabilité, à la jalousie et au péché.

Chaque pratiquant avait ses habitudes. Certains s'asseyaient sur leurs chevilles, d'autres sur leurs fesses. Issa savait l'endroit précis où ils déroulaient leur tapis et le degré d'inclinaison de leur index pendant les rakat. Y avait ceux qui expédiaient leurs prières, ceux qui prenaient leur temps, et d'autres qui n'y connaissaient rien, eux avaient toujours un léger temps de retard sur les prosternations. Pendant les sourates, ils priaient en playback, comme de mauvais musiciens. Et puis, de temps en temps, arrivaient des « demande-à-Dieu ». Issa aimait leur air triste. Sur leurs mines défaites, tu pouvais lire : « Je vous jure que c'est la dernière fois que je fais cette connerie, mon Dieu. »

Entre ces quatre murs saints se retrouvaient tous les hommes du quartier. Le boulanger, le boucher, le pharmacien, les éleveurs, les couturiers, les ouvriers de l'usine Total, les médecins du dispensaire et

Monsieur Diouf, son professeur d'école. Tous laissaient leur fonction avec leurs sandales à l'entrée et s'alignaient devant l'imam en touchant bien le gros orteil du voisin, pour ne pas laisser le diable passer entre eux. À la sortie, pendant que les prieurs se rechaussaient puis disparaissaient dans la nuit, Monsieur Diouf venait voir Issa. Il posait une main sur sa tête et lui demandait avec le sourire : «Comment va ta mère?»

À la mosquée, Monsieur Diouf ressemblait à un vieux tonton aimant, alors qu'à l'école il se transformait en véritable tortionnaire. Tous les jours, en classe, Issa avait droit à son coup de chicote. Monsieur Diouf ne le lâchait pas. Neurone et Tibilé essayaient de l'aider comme ils pouvaient, pour les devoirs et les exposés. Mais Monsieur Diouf avait toujours un prétexte : une erreur de prononciation, un calcul incorrect, un bavardage ou un cahier sale. Un vendredi de fin d'année scolaire, Issa s'était bagarré avec un garçon qui l'avait traité de «bâtard sans père». Le garçon avait fini au dispensaire médical, à se faire recoudre la bouche. Monsieur Diouf avait attendu la fin des cours pour infliger à Issa un «tendre par quatre». Le tendre par quatre, c'est le sommet de la punition. Quand t'y as goûté, plus rien ne te fait peur. Quatre grands gaillards te chopent par les pieds et les mains, ils te tendent comme un drapeau qui prend le vent et le professeur te chicote les fesses avec une grande sincérité pédagogique.

Le jour du tendre par quatre d'Issa, toute l'école était là. Personne n'aurait voulu rater cette exécution scolaire sur la place publique. Les filles étaient dans leurs uniformes roses et les garçons dans leurs pantalons bleus. Tous rigolaient. Des rires de charognards qui retiennent leur bave de plaisir. Ce jour-là, Neurone et Tibilé ont regardé Issa se prendre vingt coups de chicote sur les fesses dans un silence de martyr. Même pas un cri. Rien. Sur son visage, pas la moindre expression, pas la moindre goutte de sueur. Monsieur Diouf, ça lui a bien foutu la rage, et le tendre par quatre a duré si longtemps que ces cons de garçons étaient fatigués de rire. À la fin, entre chaque coup de chicote, on n'entendait plus que les sanglots de Tibilé, le sable déplacé par le vent et le souffle gras de Monsieur Diouf. Ce jour-là, Neurone et Tibilé ont compris qu'Issa n'était pas vraiment comme eux. Sa peau était bien plus dure que la leur.

Issa laisse la mosquée derrière lui, ça fait un moment qu'il n'y a pas mis les pieds. Les premières gouttes tombent sur sa tête. Les femmes sortent des maisons pour rentrer le linge. Issa protège le wax comme il peut. Très vite, ça tombe très fort. Rien n'échappe à une pluie de nawet. Il enlève ses sandales et accélère dans les rues boueuses de Diamaguène. À Fora, les Peuls courent dans tous les sens, couvrent le foin et protègent les bêtes. Arrivé devant chez lui, il dégouline de vert, d'or et de mauve, le wax a complètement déteint. Il passe la porte et plonge dans le silence domestique. Personne ne parle jamais, dans la maison de l'Homme.

« Pas mon clito est une association burkina-baise qui a pour vocation de se développer dans toute l'Afrique de l'Ouest, et nous sommes aujourd'hui à Dakar pour sensibiliser contre la pratique de l'excision. » La voiture de Baba est coincée sur Radio France International, dans le rond-point de Thiaroye Gare. Il est 8 heures, les banlieusards font coaguler les artères qui mènent au cœur de la ville. Sur le siège passager, Aïcha pèse de toute sa masse silencieuse de mère qui attend de voir. Dans le 4×4 Toyota noir, l'ambiance est aussi lourde que la patate douce dans le mafé de midi. À la radio, le discours de la jeune militante burkinabaise est un enchaînement de gauche-droite-gauche qu'aucune esquive ne permet d'éviter. «Aujourd'hui encore, il y a plus de deux mille jeunes filles par jour qui perdent leur clitoris dans des conditions sanitaires dangereuses pour leur santé.»

Tibilé a le front contre la vitre. Dans sa tête, c'est l'embouteillage. Ses pensées se collent les unes aux autres. Elles stagnent, polluent et klaxonnent. Ce dont elle est sûre aujourd'hui, c'est qu'elle veut quitter sa maison, sa famille, son pays. Elle se sent prête.

Depuis toujours, tout le monde sait qu'elle va partir, elle qu'on appelle «Tibi Toubab» ou «Tibi la Française» ou «Tibi la Blanche». Un jour, Monsieur Sarr, son professeur d'histoire-géographie, a interrompu son cours sur l'espace Schengen pour dire: «Mademoiselle Kanté sait très bien ce qu'est l'espace Schengen. N'est-ce pas, mademoiselle Kanté?» C'était un peu gênant. Une gêne agréable. Au lycée, elle n'était pas la plus riche. Son père a une retraite de cadre mais avec le nombre de bouches à nourrir et toutes les charges du village, il a toujours fallu se contenter du minimum.

Mais elle avait dans sa manche ce passeport Union européenne en cuir rouge. Celui qui déforme les corps de jalousie et enlaidit les pensées. La double nationalité, l'héritage du grand-père Kissima, qui a passé sa vie à travailler comme cuisinier sur les ferries du port de Marseille. Pourtant, suivant les résultats de tout à l'heure, elle va peut-être devoir se contenter d'un abonnement pour le Dakar Dem Dikk qui fait l'aller-retour entre la banlieue et l'université Cheikh Anta Diop. Les jalouses boiront à la paille cette satisfaction méchante de la croiser encore dans les parages. On lui trouvera un autre surnom : « Tibi Pays » ou « Tibi Bled » ou « Tibi tu restes ».

Baba joue nerveusement avec sa boîte de vitesse.

– Regarde-moi ça ! C'est à cause de ces imbéciles que les gens arrivent en retard au travail !

À quelques mètres, un policier vérifie des papiers pendant que son collègue fume une clope, allongé sur la selle de son scooter. Aïcha ne bouge pas un centimètre de son pagne et, avec sa voix du matin qui sent la nuit et le dentifrice :

– Ils ne font que leur travail. Tu es bien content quand ils arrêtent les voleurs, non ?

Le téléphone de Tibilé vibre. Elle ne répond pas. Son corps est cliniquement mort. Baba ferme sa vitre à la figure d'un vendeur de calendriers islamiques et pousse la clim à fond. À la radio, la jeune militante ne parle plus avec sa bouche mais avec son ventre. « Il faut rappeler que ce sont des femmes qui excisent, parfois avec des lames qui ne sont même pas désinfectées. » Baba transpire, joue des coups de volant, s'extirpe de la file, accélère dans la voie rapide. Et coupe la radio. Aïcha fait une légère expiration nasale. Une ponctuation sonore que l'on entend à peine. Suffisante pour approuver cette mise sous silence.

La ville défile devant les yeux de Tibilé. Elle ne voit que des formes floues. Ils dépassent Fora, le camp d'élevage où vit Issa. Côté Aïcha, le cimetière des naufragés du *Joola* et ses tombes blanches. Baba prend à droite, vers le quartier latin de Rufisque. La voiture s'enfonce dans les rues sablonneuses de l'ancienne ville coloniale et se gare à quelques mètres du lycée, contre un mur vert délavé. Baba coupe le moteur et se tourne vers Tibilé.

– On t'attend dans la voiture !

– Pas besoin, ça va être long.

– On a tout notre temps.

C'est tout le département qui est venu s'entasser devant le portail du lycée. L'air est moite d'angoisse. À quelques mètres, Soda et sa bande de connasses qui se prennent pour Miss Sénégal. À côté d'elles, les frères Cissé, les stars du lycée. Ils s'habillent comme des basketteurs américains, marchent en boitant et font des checks pour dire bonjour. Plus loin, le grand Souley, le premier garçon à avoir tourné sa langue dans la bouche de Tibilé, collé à sa nouvelle copine, Rihanna. Une Capverdienne à la perruque rose, courte sur pattes, avec des hanches qui mettent les coutures de ses pantalons à rude épreuve. Et puis voici Koumba, la rivale de Neurone, les deux se disputant la première place de l'excellence. Elle est venue avec sa mère, la grande Madame Fall, l'épouse du capitaine de la gendarmerie de Rufisque. À l'écart de la foule, enfin, Neurone. Il s'est fait beau. Malheureux ! Il sait pas que ça porte malheur quand tu arrives devant la porte du Jugement dernier ? Tibilé lui tend une main molle.

– Issa n'est pas là ?
– Non, tu l'as pas eu au téléphone ?
– Qu'est-ce qu'il a encore ?
– Il veut que tu récupères ses résultats.
– Pourquoi moi ?

– Je sais pas, il m'a dit qu'il fallait que ça soit toi et personne d'autre.

– Sinon quoi?

– Sinon, il aura pas le bac.

– Quoi?

– C'est ce qu'il m'a dit.

– Mais c'est un fou, celui-là!

Hier soir, quand Issa est rentré dans la maison de l'Homme, c'était l'heure du repas. Toute la famille avait la main dans le thiep. Les hommes autour d'un plat, les femmes autour d'un autre. Issa a traversé la pièce avec ses *yards* de wax déteints sur l'épaule. Personne n'a levé la tête ni lâché un mot. Il est allé directement dans la cour intérieure. La pluie tapait le sol comme la main du percussionniste sur la peau du djembé. Il a pris un seau qui en une minute s'est rempli dans un fracas métallique. Une fois dans sa chambre, il a sorti la feuille du marabout. Alors qu'il allait commencer son rituel, sa mère a ouvert la porte.

– Tu manges pas?

C'était pas la peine de lui expliquer que demain c'était les résultats du bac et qu'il n'arriverait à rien faire entrer dans son ventre.

– J'ai mangé chez Tibi, il lui a répondu.

Et elle est repartie avec sa démarche de souffrante.

Issa a plongé la feuille dans le seau et l'a recouvert d'une serviette. Sa petite sœur et son petit frère étaient déjà endormis. Il s'est déshabillé et les a rejoints sous la moustiquaire. Il a fermé les yeux et trouvé le sommeil.

La pluie s'est arrêtée dans la nuit et, à l'aube, la maison de l'Homme sentait le foin, le fumier et le sang chaud. Issa a traversé la maison, le seau à la main, vers l'enclos au fond de la cour. La pluie avait repoussé le sable sur les côtés. Issa a versé l'eau sur tout son corps puis il est retourné dans sa chambre en caleçon, en laissant des empreintes de pas comme le célèbre voleur de Diamaguène, celui qu'on appelait Big Foot. Un cambrioleur qui s'introduisait en slip dans les maisons, enduit d'huile de moteur. Il était impossible de le voir et de l'attraper. Quand la police lui a mis la main dessus, personne ne lui en a voulu. Big Foot avait écrit sa légende.

Assis sur son lit, Issa a attendu que l'eau pénètre. Une fois séché, il s'est habillé, a pris son tapis de prière et s'est placé en direction de l'est. À la dernière rakat, au moment de poser son front sur le sol, il a entendu un souffle de bête. Une grosse expiration de narine bien grasse, sûrement une vache. Puis les pas de deux éleveurs devant sa fenêtre. Ils s'agitaient à voix basse autour de la bête. C'est rare qu'ils égorgent à cette heure-là. Trop de gens se plaignent. La manœuvre paraissait compliquée. La vache n'avait pas l'intention de se laisser inciser sans rien faire. Issa a compris qu'un vieil éleveur dirigeait les opérations et que l'autre, plus jeune, suivait ses instructions. C'était peut-être son premier égorgement.

« S'il vous plaît, mon Dieu, donnez-moi le bac. Après, je veux faire une école de stylisme et aider ma mère et mes frères et sœurs. » Issa a dit quelque chose comme ça. Une prière très simple. Il aurait bien parlé de tous ceux qui n'ont pas cru en lui, de ces professeurs qui lui avaient donné tous ces coups de chicote et le traitaient d'âne. Mais Dieu n'avait pas à entendre sa haine. Il a juste ajouté : « S'il vous plaît, juste le bac, pas besoin de mention. Par contre, s'il vous plaît, mon Dieu, pas de rattrapage. Si je passe au rattrapage, je suis mort. » Il a parlé à Dieu comme si c'était son ami, puis il a tourné les paumes de ses mains vers le ciel et a récité sa dernière sourate. Pour finir, il a tourné la tête à droite pour saluer l'ange qui note tes bienfaits et, au moment de tourner sa tête à gauche pour saluer celui qui relève tes péchés, il a entendu l'éleveur le plus jeune ordonner à voix haute : « Reste là ! Reste là, je te dis ! Et laisse-la y aller toute seule ! Elle doit y aller toute seule ! » Et puis plus rien.

Il est resté un moment sur son tapis. Dans la chambre, tout le monde ronflait. Il s'est demandé pourquoi le jeune éleveur avait dit ça. Mais y avait pas vraiment besoin de chercher longtemps. C'est son ange sage qui lui parlait. Il lui disait de rester ici, dans sa chambre. Et de laisser Tibilé aller chercher ses résultats du bac.

Le lycée Abdoulaye-Sadji de Rufisque a la peau qui pèle. La peinture du bâtiment s'écaille comme celle d'un vieux colon qui n'a pas mis de crème solaire. Durant la journée, les voix des professeurs s'échappent par les murs craquelés, et les salles sont bien aérées, grâce aux vitres cassées. Ce bâtiment, classé au Patrimoine mondial de l'humanité, attend sa douce mort avec le sourire.

En seconde, Tibilé avait écrit, dans une rédaction de français dont le sujet était «Mon pays», que son pays était «pauvrement beau». Au moment de la remise des copies, son professeur de français, le vieux Monsieur Diatta, avait rugi devant la classe: «Et puis nous avons Mademoiselle Kanté, qui écrit au sujet de son pays qu'il est un pays pauvre. Mademoiselle Kanté est ce qu'on appelle une afro-pessimiste! Comment pouvez-vous dire cela, mademoiselle Kanté, d'un pays aussi riche par son histoire, son patrimoine, la beauté de ses paysages et de sa culture, qu'il est un pays pauvre? D'un pays qui s'est battu pour son indépendance, qui a enfanté grand nombre d'artistes et d'intellectuels, dont l'immense écrivain, Monsieur Sadji, qui a donné son nom à ce magnifique établissement dans lequel vous recevez aujourd'hui une éducation gratuite? Nous n'avons pas la même idée de la pauvreté, mademoiselle Kanté!»

Les mots de Monsieur Diatta avaient été pires que des coups de chicote et Tibilé n'avait pu retenir ses larmes. Elle a compris, ce jour-là, qu'il y a des choses qu'on ne peut pas dire à voix haute. Mais chaque fois qu'elle passe le portail du lycée, elle en revient toujours à son «pauvrement beau».

Tous les visages sont inquiets, tendus vers le bureau de Monsieur Dia. Sur la terrasse qui entoure la cour, la porte du proviseur est encore fermée. Un gros chat, indifférent à la détresse humaine, montre ses couilles en se glissant entre les barreaux de la balustrade. Monsieur Dia doit être en train de faire de la buée sur ses lunettes pour les nettoyer et surveiller sa montre. Neurone est perché sur la pointe des pieds. Ses talons ne tiennent plus au sol.

Tibilé n'arrive pas à se sortir Issa de la tête. Elle lui en veut. Ils devaient être ensemble tous les trois, aujourd'hui. C'était le plan. Mais Issa change toujours l'histoire au dernier moment. Il l'emmène chez le marabout. À cause de ça, elle doit obtenir une mention pour partir en France. Et maintenant, elle doit récupérer ses résultats. Ce lâche. Cet égoïste. Et, même si ça lui fait mal de l'avouer : cet artiste. Il en faut de la folie, pour ne pas venir chercher tes résultats au bac. Tibilé lui jalouse cette liberté. Elle voudrait, comme lui, ne pas être là. Elle lui en veut à crever et en même temps elle se sent reliée à lui par cette feuille que le marabout leur a donnée. Ils ont plongé leurs mains dans la même bassine de croyances.

À l'aube, comme lui, elle est descendue dans la cour intérieure de la maison, là où les moutons attendent le sacrifice. Elle a attrapé une des grandes bassines des lessiveuses et l'a remplie d'eau froide. Elle a déplié la feuille du marabout. Des rangés de calligraphies noires remplissaient la page dans un parfait alignement. Avec sa main droite, elle l'a déposée à la surface. Lentement, les écritures arabes ont pris vie en formant des courants.

Elle a remonté la bassine à l'étage et s'est enfermée dans la salle de bains. Elle a lavé ses mains, ses pieds et son sexe, trois fois, fait ses ablutions en répétant: «Je demande à être purifiée.» Puis elle est entrée dans la bassine. Ses pieds ont écrasé la feuille. Elle s'est agenouillée, a pris l'eau dans la paume de ses mains et l'a versée sur sa tête en disant à voix basse: «S'il vous plaît, mon Dieu, je veux avoir la mention, s'il vous plaît, mon Dieu, je veux que mes cheveux repoussent.» Ensuite elle a mouillé le reste de son corps, n'oubliant aucune surface de peau. Et elle est restée là, nue, le temps que les écrits entrent en elle et impriment leurs volontés. Une fois sèche, elle a attrapé le sachet de sable jaune de Touba, l'a versé dans la paume de sa main droite et l'a étalé sur son crâne. Elle a recouvert sa tête d'un foulard bleu nuit et s'est rendormie.

La porte de Monsieur Dia s'ouvre enfin, sur un spasme collectif. Il porte sous ses bras robustes un dossier rouge, s'avance et pose sa main droite sur la balustrade.

– Salamalékoum ! Voici la liste des admis au baccalauréat général 2021 pour les communes de Rufisque et Pikine.

Le peuple tremble. Chacun sera bientôt fixé sur son sort. Certains iront vers les facs du centre-ville, d'autres à l'étranger, au Maroc, en Europe, en Afrique du Sud ou plus loin encore, aux États-Unis ou en Asie. Tout dépendra des mentions, des bourses, de leurs choix d'orientation et surtout des moyens de leurs parents. Enfin, d'autres vont rester là, dans cette cour. Les redoublants, les honteux, les inconsolables, les condamnés à regarder les autres s'envoler.

– Je vais commencer par les mentions, il est normal que les élèves les plus brillants soient récompensés par le moins d'attente possible.

Des filles se cachent les yeux, d'autres se tiennent par les épaules et des cris s'échappent des corps tendus.

– Donc ! Les mentions « très bien »…

Le visage de Neurone est soudain crispé par le doute. Il est passé d'homme trop confiant à simple mortel.

Le jour de l'épreuve de philo, Tibilé a été la dernière à sortir de la salle. Il a fallu que l'examinatrice s'y reprenne à deux fois : «C'est fini, mademoiselle, merci de rendre votre copie.» Issa et Neurone l'attendaient depuis un moment. Elle les a avertis :

– Je vous le dis direct, on n'en parle pas !

Discuter des épreuves ne sert qu'à nourrir des regrets et agiter ton sommeil. Ils étaient d'accord. Pour rentrer, ils sont montés dans un car rapide. Neurone s'est assis en face d'elle. On aurait dit un joueur de foot qui vient de gagner la coupe d'Afrique. Une tête d'«imbécile heureux», comme dit Aïcha. Avant même le premier arrêt, Mosquée de Rufisque, il s'était déjà vanté :

– Je me suis régalé avec le deuxième sujet…

– Celui sur l'État? C'était trop un piège, lui a répondu Issa.

Tibilé a coupé court. Ils avaient dit qu'ils n'en parleraient pas. Mais Issa avait raison.

Neurone n'avait pas hésité en lisant les sujets, il s'était jeté direct sur la question de philosophie politique : «Peut-on légitimement s'opposer à l'État?» Le Bic de Neurone était en feu, il lui brûlait les doigts. Bien sûr qu'on pouvait s'opposer à l'État, on le devait même. Neurone n'avait pas pu participer aux grandes manifestations de mars dernier. Il était resté enfermé dans sa chambre à réviser son bac. Mais maintenant, sur sa copie de bac, il pouvait être courageux, plus courageux même que tous ceux qui étaient sortis dans la rue pour cracher la foudre pendant plusieurs semaines.

C'était après l'arrestation du jeune opposant, le beau gosse, l'incorruptible énarque. On l'avait accusé de viol sur une masseuse. D'après la jeune fille, il s'était mis à poil devant elle, avait montré les deux flingues qu'il portait à la ceinture et lui avait demandé de se mettre à quatre pattes. Mais cette histoire, c'était le complot d'un gouvernement qui s'abaisse devant les pieds de la France pour lui cirer les chaussures. Parce que l'opposant exigeait la renégociation des contrats pétroliers et la fin du CFA néocolonialiste : « Il est temps que la France lève son genou de notre cou ! »

La rage s'était déversée dans les rues de Dakar comme une coulée de lave. Les manifestants avaient brûlé des voitures, pillé toutes les enseignes françaises, les magasins Auchan, les stations-service Total et les boutiques Orange. Et fait cinq morts. Finalement, le jeune opposant s'était avancé devant un micro et avait demandé le retour au calme avec le sourire du jeune démocrate qui se présentera aux prochaines élections. La jeunesse était retournée à son chômage, ses matchs de foot sur le sable et ses verres d'ataya. Mais c'était encore très frais. Seulement cinq mois étaient passés depuis les événements. Les coulées volcaniques était encore présentes dans toute la ville, les graffiti « France dégage » à tous les coins de rue. Alors, devant un tel sujet, il ne s'agissait pas d'articuler sagement la pensée de Rousseau avec celle de Machiavel et Max Weber. Neurone a cramé la feuille d'un manifeste politique.

Mais juste avant qu'ils ne descendent du bus, Tibilé l'a taclé :

– Sur l'État, c'était surtout facile de faire hors sujet.

Les noms commencent à tomber de la bouche de Monsieur Dia. Une fille saute de joie en criant aigu, puis un garçon gueule en courant de tout son bonheur désarticulé. Ce sont les Monsieur et Madame «Très bien». On s'est bien moqué d'eux pendant toute leur scolarité. De leurs boutons sur le nez, leurs lunettes trop grandes et leur accent précieux. Mais aujourd'hui, ils ont le visage réjoui et le dossier scolaire que les grandes écoles vont s'arracher. Ils seront médecin, homme ou femme politique, pilote de ligne, chef d'entreprise. Et ils se vengeront de toutes les moqueries. Ils auront la vie devant eux pour le faire. On descendra dans la rue pour gueuler, crier qu'on n'est pas d'accord, qu'ils n'écoutent pas le peuple, qu'ils vivent dans leur bulle. Mais ça sera trop tard. Quand ils seront là-haut, ils ne feront pas de cadeaux. Les Monsieur et Madame «Très bien» ont bonne mémoire. Ils n'oublient rien.

Le proviseur continue de clamer les noms avec le rythme d'un métronome. Les Sarr, Dieme, Niang, Ndiaye, Niasse, Pene, Touré, N'Dour, Kamara, Wade sont accompagnés par des évanouissements, des pleurs d'extase. Ces superbes noms, lus les uns à la suite des autres, composent une magnifique étoffe dont les couleurs ont résisté au découpage colonial, à l'exploitation des terres et aux cales de bateaux puant la pisse et la mort. Ces noms portent en eux les légendes des grands empires africains. Quand on te demande ton nom, c'est qu'on veut connaître ton ethnie, ton village, tes ancêtres. On saura alors tes coutumes, ta langue, ta mentalité. Et ton métier, on s'en foutra complètement. Ça ne vaut rien. La richesse part avec la maladie, l'accident ou la vieillesse. Alors que ton nom te relie aux autres. Tu es la pièce du puzzle d'une histoire ancestrale qui ne s'apprend pas dans les manuels scolaires.

– Maintenant, nous allons passer à la mention «bien»!

Monsieur Dia sort un mouchoir et s'éponge le front. La foule s'agite.

– Calmez-vous un peu ! C'est devant vos copies qu'il fallait vous affoler.

Et le proviseur reprend sa tâche de bourreau. Les noms continuent de tomber, une pluie à t'en faire exploser la tête. Et soudain, au milieu de ces trombes d'eau, une goutte vient éclabousser Tibilé : « Rigobert Coly ! »

Neurone a eu la mention « bien » ! Ça faisait longtemps qu'elle n'avait pas entendu son prénom. Rigobert. Où est-il ? Neurone a disparu et Tibilé ne l'a pas vu partir. Mais pas le temps de s'apitoyer. Aujourd'hui, c'est chacun sa mère, chacun son sein.

Monsieur Dia reprend sa respiration.

– Et maintenant, les mentions « assez bien » !

Les larmes coulent sur les bourses d'étude d'excellence et les entrées dans les grandes écoles étrangères. Des valises se referment. Des avions vont rester sur le tarmac ou se poser ailleurs, loin des premiers choix d'orientation. On ne fait plus médecine à Montpellier mais génie civil à Amiens. Fini les sciences politiques à Aix-en-Provence, ça sera plutôt économie à Casablanca. Dans quelques jours, on se dira que le Bon Dieu fait toujours bien les choses. Que tout ça était écrit. Mais pour l'instant, dans la cour du lycée Abdoulaye-Sadji, on pleure.

Tibilé voudrait prendre le contrôle de la voix de Monsieur Dia, faire remonter son nom le plus haut possible. Autour d'elle, il n'y a plus que des élèves moyens, des grandes gueules, des mauvais élèves qui t'expliquent le monde. «C'est ceux qui en savent le moins qui parlent le plus fort», dit toujours Baba. Et Monsieur Dia reprend son rythme régulier. Elle ferme les yeux pour oublier les cris de joie ou de détresse des connasses qui en font trop. Elle prie Monsieur Dia. *Allez, dis-le! Dis-le!* Et c'est alors qu'elle entend surgir son nom : «Tibilé Kanté».

C'est comme s'il sortait nu d'une forêt en feu. Son nom a couru vers elle et lui a sauté dans les bras. Son nom a eu la peur de sa vie. Une main lui touche l'épaule.

– Bravo Tibi!

Elle se prend la bouche à deux mains.

– J'ai eu la mention!!!

– Oui, tu l'as eue! lui lance une voisine.

Monsieur Dia poursuit sa litanie. Mais elle veut sa

confirmation. Maintenant, elle s'en fout d'eux tous, alors elle crie :

– Monsieur Dia !!! Excusez-moi !!! Monsieur Dia !!! Vous avez bien dit « Tibilé Kanté » ?

Monsieur Dia s'arrête et baisse la tête vers elle. Tibilé Kanté. Jamais de retard ou d'absence. Cette petite au foulard sur la tête passait les conseils de classe sans que l'on s'attarde vraiment sur son cas. Une gamine sans problème, d'une famille bien, comme on dit. Il se redresse et s'adresse à la foule :

– Les résultats que je donne sont affichés au fur et à mesure devant l'entrée du lycée.

Ça fait déjà une heure que Baba et Aïcha attendent Tibilé quand Baba voit Neurone passer devant le pare-brise de son 4×4.

– C'est pas l'ami de Tibi, celui-là?

Aïcha répond un «Si, si» qui signifie «Bien sûr que c'est lui, imbécile!». Elle a vu Neurone arriver de loin, dans son rétroviseur, les yeux mouillés. Il ne lui en a pas fallu beaucoup plus pour comprendre qu'il avait le cœur serré.

Baba ne voit rien du malheur des petits hommes. Pour lui, Neurone est juste un jeune qui traîne de temps à autre chez lui. Un ami de sa fille Tibilé. Un mortel avec des bras, des jambes et rien de plus. Aïcha, elle, est dans la vie. Elle entend les oignons cuire dans les casseroles et les cœurs battre sous les tee-shirts qui sentent la transpiration. Elle le connaît depuis qu'il est enfant, le petit Neurone aux jambes arquées. Depuis des années, elle l'observe. Les corps des hommes trahissent leur désir. Un amour inavoué se porte comme une grossesse cachée. Aïcha, c'est un poisson, elle a des capteurs, elle connaît les marées, elle lit dans les courants, elle sent venir les hommes de loin. Leurs petits yeux déshabiller le corps des filles, en traîtres. Et leur façon de faire campagne. Le petit Neurone et son insistance à vouloir porter ses courses quand il la croise dans la rue. Les morceaux de capitaine bien frais qu'il rapporte souvent, la sauce feuille de sa mère, ou du ngalakh, ce dessert que font les Diolas au moment des fêtes chrétiennes. Tous ces cadeaux façon «Regardez comme je suis un bon gendre», Aïcha les a acceptés en silence.

Mais elle n'est pas le genre de femme qu'on roule comme de la pâte brisée. Elle a vu, très tôt, le drame grossir. Elle sait bien que Tibilé ne donnera jamais au petit Neurone ce qu'il veut. Et ça l'arrange. De toute façon, même si Tibilé en avait été amoureuse, rien n'aurait été possible entre eux. Aïcha aurait fermé le cadenas. Un Diola ne se marie pas avec une Soninkée. À la limite, un homme soninké pourrait se marier avec une Diola. Et encore, entre deux ruelles bien sombres. Les traditions déteignent trop, dans la bassine du mariage. La communauté soninkée est une armoire bien rangée : les nobles avec les nobles, les forgerons avec les forgerons, les esclaves avec les esclaves, les marabouts et les griots entre eux. Et c'est la cuisine des femmes de faire en sorte qu'il n'y ait pas de mélange. Elles s'occupent de marier leurs filles ou de choisir pour leur garçon. Un plan pour chacun. Si y a de l'amour, tant mieux. Si y en a pas, on dit que « L'amour vient après ».

Aïcha aurait pu arrêter Neurone, lui demander « Pourquoi tu pleures ? ». Mais elle l'a laissé passer devant la voiture et disparaître au bout de la rue. Ce petit devait commencer à goûter à l'écorce de la souffrance.

Quand Tibilé quitte le lycée, Rufisque n'est plus une ville abandonnée à la décrépitude mais un bijou de grand-mère qui a pris la patine du temps. Elle pourrait adopter un de ces chiens qui fouillent dans les poubelles tant elle est soulagée. La voiture de Baba est toujours là, en plein soleil, dans l'attente. Elle pose sa main sur la poignée brûlante de la portière et entre.

– Alors ? lui demande Baba.

– Alors je l'ai eue.

– Tu as eu quoi ? lui demande Aïcha.

– J'ai eu la mention.

– Mash Allah, Dieu soit loué ! se félicite sa mère.

Baba n'a pas le temps de poser sa main sur le contact que Tibilé l'arrête.

– Attendez ! J'ai oublié quelque chose. J'arrive.

Elle court dans l'autre sens. Ses jambes partent sur les côtés et ses bras moulinent. À l'intérieur du lycée, le peuple est agglutiné autour des tableaux. À l'étage, le proviseur s'apprête à entrer dans son bureau. Tibilé se précipite sous la balustrade et lui crie :

– Monsieur Dia !!!

– Mademoiselle Kanté ! Qu'est-ce qui se passe ? Vous doutez encore de votre mention ?

– Non, je viens pour Issa !

– Issa Sow ?

– Oui, c'est ça ! Je peux avoir ses résultats ?

– Tous les résultats sont affichés sur le grand tableau.

– S'il vous plaît, Monsieur Dia !

Issa le couturier. Quand il est arrivé en seconde, ce gamin n'arrêtait pas de se battre. Une vraie tête brûlée. Mais chaque fois que Monsieur Dia le prenait dans son bureau, il tombait immédiatement sous son charme. Issa Sow avait toujours de très bonnes raisons pour avoir fracassé l'arcade sourcilière du jeune Bèye ou fait saigner la bouche du jeune Fall. Pendant ces trois années de lycée, Monsieur Dia avait fait en sorte de le couvrir, d'arrondir les angles avec les familles des garçons et les professeurs qui n'en pouvaient plus de son indiscipline. Issa lui avait parlé d'un projet de BTS stylisme. Il était bien allé jusqu'en terminale grâce à lui, mais vraiment, il ne voyait pas comment il pouvait obtenir le bac.

– Aussi invraisemblable que celui puisse paraître, Issa Sow a été reçu.

– Vous êtes sûr, monsieur Dia ?

– Puisque je vous le dis !

– Il ne passe pas au rattrapage ?

– Non, même pas.

Tibilé a honte de sa question. Mais tant qu'à faire. Maintenant qu'elle est là, autant jouer sa réplique jusqu'au bout.

– Et il a eu une mention ?

– Mademoiselle Kanté ! Vous ne trouvez pas que le Bon Dieu en a assez fait pour lui aujourd'hui ?

Neurone est sonné comme un alcoolique qui rentre chez lui après la fermeture d'un bar. Il passe par la plage, pour ne croiser personne. Ce trajet, il l'a fait des milliers de fois en courant. Neurone le footballeur. Le centre de formation Diambars le voulait dans son effectif alors qu'il avait douze ans. Ils étaient venus sonner à sa porte. Huit heures de sport par jour, un programme scolaire adapté et une chambre partagée dans un centre high-tech, entre Sally et Mbour. Neurone avait refusé : «Je préfère rester à l'école.» Plus heureux dans une salle de classe à côté de Tibilé que sur un terrain à courir derrière un ballon.

Sur la plage, deux rastas ont allumé un feu et font griller des sardines dans une odeur de marijuana et de charbon. Au loin, le quartier d'affaires du Plateau et le port autonome, là où son père va réceptionner ses voitures importées et tendre une main pleine de billets aux douaniers et aux armateurs. De gros bateaux dégazent dans la baie, en attendant de repartir chargés à bloc comme des voleurs.

La péninsule de Dakar est un hameçon logé à l'intérieur de la joue de Neurone.

Enfants, avec Issa et Tibilé, ils ne mettaient jamais un pied dans cet océan qui peut t'emporter loin dans ses courants. Ils ont tous une connaissance qui s'y est noyée. Il arrive qu'on apprenne qu'untel, parti en pirogue, est arrivé en Espagne. Mais la plupart du temps, on ne retrouve pas les corps, les mères pleurent et on se raconte des histoires de djinns qui ont fait couler les embarcations et mangé les gens à bord.

Sur la plage de Petit Mbao, Neurone se glisse entre les pirogues de pêcheurs. Tous les jours, depuis la fenêtre de sa chambre, il les voit passer la barre des vagues et revenir avec la misère de poissons

130

laissés par les chalutiers et les cargos étrangers. Ces monstres de métal plongent leurs mains dans les eaux sénégalaises, raclent les fonds avec leurs lames, détruisent l'habitat des poissons et recrachent les espèces indésirables. Ils rapportent de quoi remplir de poissons frais les supermarchés du monde entier. Et contre quelques liasses de billets remis sous un bureau, ces bateaux étrangers sont immatriculés au pays. Pour que le tour soit parfait, on embauche même quelques marins locaux, comme éléments de décor. L'administration est une maison close, il suffit de payer et elle te donne son cul.

Neurone jouait au foot avec un jeune pêcheur originaire de Yoff, un quartier côtier de Dakar. Yague Samb, un très bon milieu récupérateur, très physique, avec une bonne vision du jeu. Le père de Yague avait vendu sa maison de Yoff à un couple de retraités allemands, de grands blonds qui déga-geaient une transpiration aigre dans leurs boubous en batik. Ils voulaient monter une école de danse et de musique africaine. L'offre était trop belle, de celle qu'on ne refuse pas. Alors la famille Samb avait déménagé à Petit Mbao avec ses deux pirogues. Mais l'âme de Yague était resté à Yoff. Il n'arrêtait pas de parler de son ancien quartier. Les cérémonies de pêcheurs lébous, les filles, les boîtes de nuit, les soirées sur les plages, à jouer de la musique.

Au début du mois de février dernier, Yague est sorti en mer avec son père. Il était à peine 5 heures du matin, il faisait encore nuit noire et ils venaient de poser leurs filets sur une mer d'huile. Un chalutier industriel a surgi de l'autre côté de la Terre et la pirogue a été coupée en deux dans un craquement d'os et de bois. Son père a perdu le bras droit et Yague tout entier est parti dans les hélices. À Yoff, ils ont dit que les djinns s'étaient vengés, pour la maison cédée aux Allemands. On ne vend pas la terre léboue.

Mais pour Neurone, c'était la corruption qui avait tué Yague.

Son téléphone vibre. Un message d'Issa : «T'as des nouvelles de Tibilé ?» Sans répondre, il le remet dans la poche de ce jean qui lui rentre dans le cul. Il repique sur Thiaroye, longe la voie ferrée et arrive devant sa maison avec piscine, dans laquelle plus personne ne se baigne. «C'est pour les moutons ?» avait rigolé un jour Issa. Sa poche vibre à nouveau, un message de Tibilé cette fois. Petite décharge dans la nuque. L'amour est la pire des addictions. «Félicitations pour ta mention!» Il pousse la porte blindée et entre dans une fraîcheur de morgue. Rien ne survit à la réussite climatisée. Les pieds de sa mère dépassent du canapé. Binette se déplace du canapé à la cuisine, de la cuisine au cimetière, du cimetière à l'église et de l'église au canapé. Son père est au téléphone. Il ponctue ses phrases comme des coups de poing.

Neurone monte directement à l'étage. Il s'allonge sur le lit de sa chambre où cohabitent sur les murs Lionel Messi, 50 Cent et Thomas Sankara. Un autre message de Tibilé: «Ça va?» Il clique sur «Répondre» et ferme les yeux. Tibi, couleur pigment, grenade aux yeux, jambes bien foutues, sourire verni, seins piquants, odeur crème hydratante. Il écrit: «Je n'aime…» Reprend sa respiration et finit sa phrase: «Je n'aime que toi.» C'est la fin des petits regards insistants, des phrases ambiguës, des jalousies corrosives. Il referme les yeux et appuie sur «Envoyer».

Le SMS sort par la fenêtre de la chambre de Neurone, passe devant le grand portail de l'hôpital psychiatrique et court le long du grand mur blanc de l'usine Total. Il s'arrête devant la voie rapide, au niveau du pont recouvert d'autocollants «Develop Sex».

Après avoir traversé la nationale, il s'engouffre dans le marché de Diamaguène inondé jusqu'aux genoux. Il ressort par la grande route des coiffeurs guinéens qui te coupent les cheveux au rasoir, des boutiques de tissages, et du grand magasin de lampes orientales, tenu par le Syrien qui fait des blagues en wolof que personne ne comprend. Il pique à droite, devant l'atelier de Pape Gueye et ses boubous avec épaulettes à la Mobutu. Dans les petites rues ensablées, il croise la femme de Monsieur Sy. Elle vend ses fataya devant chez elle et te dit toujours «Y en a plus», avec sa jolie tête de connasse. Il croise Babacar qui te fait le meilleur pain-omelette du monde depuis sa chaise roulante de handicapé poliomyélite, court devant la boutique du Mauritanien au visage dur et s'arrête chez Baba et Aïcha. Il ne sonne pas, entre par la cuisine et trouve Tibilé debout, une assiette de thiep sur la tête. Le SMS se glisse dans le Samsung S6 32 Go qu'un cousin lui a laissé, la dernière fois qu'il est venu au pays. Il vibre une fois, très proche du pubis.

Neurone connaît bien Tibilé. Elle ne répondra jamais. C'est la fin du film qu'il s'est fait tout seul, comme un grand, depuis toujours. Les femmes te poussent à sortir de l'enfance.

Il rentre sa chemise dans le pantalon. Il est temps d'être un homme.

Dans le salon, son père fait des allers-retours et parle fort. Des voitures sont coincées au port de Calais, à cause d'un mouvement de grève. «Ces Français, y trouvent toujours le moyen de me fatiguer! Je te jure que je préfère encore travailler avec ces escrocs d'Italiens!» Il lui signifie, du bout du doigt, de l'attendre là, sur cette chaise. Une sommation. Neurone s'assoit en face de sa mère. Elle a la tête baissée, le regard noyé dans les rainures du carrelage. Au-dessus d'elle, la seule photo du salon : l'oncle Rigobert pose devant un papier peint « couché de soleil aux Caraïbes ». Sa peau caramel soyeux, ses dents brillantes, son costume rouge vif et sa paire de Ray-Ban. La classe d'un pilote d'avion.

Son père raccroche et vient déposer son corps épais dans le cuir du canapé, à côté de sa femme.

– Alors ? Tu vas nous annoncer une bonne nouvelle ? J'en suis sûr !

Binette reste immobile comme un animal empaillé. Neurone ne veut qu'une chose maintenant : la réanimer, coup d'électrochoc sur la poitrine.

– Je n'ai eu que la mention « bien ».

Il s'arrête, puis prononce ces mots, comme s'il était au pupitre d'une église, à lire le discours de son enterrement de petit garçon :

– Mais j'ai décidé de rester ici, à Dakar, avec vous. J'irai pas étudier en France. Je veux travailler avec toi, papa.

Son père s'adosse au canapé.

– Mais c'est formidable, mon fils ! Qu'est-ce que tu dis de ça, Binette ?

Sa mère lève les yeux. C'est la première fois qu'il la voit sourire.

– Je suis très contente.

C'est tout ce qu'elle dit et c'est déjà énorme. Neurone se sent léger, comme s'il avait réussi son initiation dans les bois sacrés de Casamance.

– Et maintenant, ne m'appelez plus Neurone. Mon prénom, c'est Rigobert.

Toutes les familles ont une légende, et chez les Coly, la légende, c'est l'oncle Rigobert. À la maison on l'appelait «Rigo», les femmes le surnommaient «l'Italiano», et ses amis «Rigo Star». Et rien à voir avec le petit batteur des Beatles, sa vilaine coupe de cheveux champignon et son gros nez. Oncle Rigobert n'avait rien d'un second rôle. Il était très grand, et chez les Diola, c'est pas courant. Mais surtout, il avait le charme. Les femmes tombaient dans ses bras comme les mangues de l'arbre au mois de juin. Son sourire ne le quittait jamais et, quand il riait, on avait envie d'être à côté de lui pour en profiter.

En toute saison, il portait des chemises manches longues ouvertes sur le torse et des vestes de blazer. Et parce que les stars ont toujours une touche spéciale, il ne s'habillait qu'en rouge vif. «C'est pour attirer les femmes et les taureaux», il disait toujours.

Oncle Rigobert ne bougeait quasiment jamais de Cité Palmier, son quartier de Ziguinchor vallonné par les racines des manguiers. Pour le trouver, tu allais à 18 heures chez Rose, la vendeuse de vin de palme qui fait crédit aux hommes qui ont besoin de s'oublier un peu. C'était juste en face du grand fromager qui abrite toutes les chauves-souris de la ville. Il restait là jusqu'à 22 heures, à débattre avec les anciens, et finissait la nuit à tomber des Flag dans les bars de la grande route qui balancent du reggae dancehall sept jours sur sept.

Rigobert ne voulait pas se marier. Ou rester le plus longtemps possible loin de l'ombre de l'adultère. Mais en plein milieu d'une cérémonie diola, à Bignona, une commune de l'autre côté du fleuve en remontant vers la Gambie, il a vu Innocence. Son visage d'une tranquille douceur calmait le démon des hommes. Il l'a demandée en mariage au premier baiser. Il a trouvé un travail stable, d'agent immobilier, et ils ont eu trois filles.

À cette époque, Binette vivait déjà à Dakar. Elle était enceinte de Neurone et, un mardi d'août 2002, elle a téléphoné à son grand frère : « C'est un garçon, on va l'appeler Rigobert et je veux que tu sois son parrain. » Rigobert a répondu que ce serait une star comme son oncle. Et puis Binette lui a demandé une faveur : « S'il te plaît, Rigo, venez quelques mois à Dakar, jusqu'à l'accouchement, ensuite on fera le baptême ici. J'ai besoin que tu sois là. »

Il viendrait, parce qu'il ne pouvait pas refuser. Mais avec toute sa petite famille. Sa dernière fille, Marie, avait trois mois, et il n'était pas question de se taper un voyage de quinze heures par des routes défoncées. Oncle Rigobert a réservé un départ en bateau le 22 septembre. Un voyage en première classe sur le *Joola*.

Chaque semaine, le *Joola* part le jeudi après-midi de Ziguinchor pour accoster le vendredi à 5 heures du matin à Dakar. Monsieur Coly connaît bien le personnel du port, il peut entrer en voiture. Dans le hall d'accueil, quelques familles mal réveillées sont plongées dans la lumière bleue de l'aube. À 7 h 30, on annonce du retard. La routine. Mais à 8 h 30, les sourcils se froncent et les familles commencent à s'agiter. À l'accueil, on leur répond : «Calmez-vous un peu. Le *Joola* vient d'arriver, il est à quai. » Monsieur Coly laisse sa femme et part travailler. Ils prendront deux taxis pour rentrer à Thiaroye.

Midi moins dix. Au bureau, Monsieur Coly reçoit l'appel d'un ami journaliste à Ziguinchor : «Le *Joola* a eu un problème en mer. »

Quand il retourne sur le port, le ciel est voilé. Dans le hall, les gens crient, certains se roulent par terre, d'autres se tordent de douleur. Binette ne retient pas ses larmes : «On dit que le *Joola* a coulé. » La gendarmerie repousse les gens comme si c'étaient des vagabonds. Un responsable s'approche de la foule nerveuse, en boubou bien repassé. «Le *Joola* a eu un problème, rentrez chez vous, on vous tiendra informés. »

Cette nuit-là, Binette ne dort pas. Elle a pris ce bateau tant de fois qu'elle peut encore en sentir les odeurs de vin de palme, de viande fraîche, d'arachide et de produits ménagers.

Dans la cale, les voitures sont tassées comme le

corned-beef dans une conserve, les bagages jonchent le sol des couloirs, et les gens mangent et dorment où ils peuvent. À l'intérieur, l'air est irrespirable. Il faut que les moteurs soient lancés pour allumer la clim. Alors on monte sur le pont. Sur le quai, on voit les vendeurs de boubous, de cigarettes, des groupes d'étudiants, des militaires en uniforme et les marchands qui vendent les ultimes billets au noir : désistements de dernière minute et petits arrangements. Le bateau gonfle comme la peau d'un sexe. Il penche beaucoup. Ça doit être le courant du fleuve, ou les cordes tendues par l'arrimage.

Au départ, une seule des deux cheminées fume. Pourtant, le *Joola* s'élance sur le fleuve Casamance. Oncle Rigobert porte ses deux grandes dans les bras. Depuis le pont, on admire la mangrove et ses îles, les échassiers, les filets de pêche accrochés aux poteaux et les piroguiers qui remontent les courants. Le bateau arrive à Karabane sous les acclamations. Le *Joola* est comme un membre de la famille. On charge les dernières voitures. On se demande comment ils peuvent faire rentrer tout ça. *Plus on est de fous, plus on rit,* se dit oncle Rigobert. Encore, ils

143

seraient en troisième classe, mais là, ça va. Ils ont une cabine.

Le bateau s'engage sur l'océan comme sur une voie rapide. Au loin, on voit la côte s'assécher et les bois sacrés disparaître. Le ciel est chargé et, sur le pont, il commence à faire frais. Rigobert et les siens descendent en cabine. Innocence change la petite et Rigobert allume la télé. Il y a toujours un film, en début de soirée. Ce soir-là, c'est *Air Force One*, un gros film d'action qui finit par un crash d'avion en pleine mer.

Au générique de fin, Rigobert laisse sa famille et remonte vers le bar. Des étudiants dansent et certains militaires ont déjà les yeux rouges de la picole. Sur les tables, on joue à la belote. Rigobert reconnaît plein d'amis. Mais il retourne en cabine et laisse derrière lui les chants, les effluves d'alcool et la basse collée au rythme du tama. Innocence a apporté un riz sauce rouge. C'est froid mais c'est bon. La petite pleure. Elle a du mal à s'endormir. Rigobert regarde par le hublot. La nuit est tombée et au loin des éclairs allument des vagues grosses comme des vallées. Le petit rideau du hublot a perdu la ligne d'horizon. Rigobert le trouve très penché.

22 h 30, le concert joue encore plus fort. La petite dort sur la poitrine d'Innocence et la plus grande est malade. Elle a envie de vomir. Rigobert cherche un sac plastique partout dans les bagages et *boum!!!*, comme un coup de canon. Toute la famille est envoyée sur un côté de la cabine, et *boum!!!*, un deuxième coup de canon, le bateau penche de l'autre côté. Oncle Rigobert est sonné, la lumière est coupée et, partout, on n'entend plus qu'un cri assourdissant. Le *Joola* hurle de panique.

Encore aujourd'hui, Binette entend les coups de poing de son grand frère Rigobert sur la carcasse retournée du bateau. Elle voit le sang de son frère couler de ses phalanges et les corps de ses nièces lâcher d'épuisement et de froid. Le lendemain matin, ils étaient retournés identifier les corps repêchés. Binette avait reconnu sa belle-sœur, le visage gonflé et blanchi par la mer. 1 863 disparus dans le tombeau d'acier. Plus de morts que le *Titanic*.

Trois semaines plus tard, depuis sa cuisine, en découpant des oignons, elle avait écouté le président enterrer les disparus d'un « C'était la volonté de Dieu ». Puis il avait conclu, en tant qu'ancien juriste,

qu'il ne pouvait pas ne pas évoquer «la responsabi-
lité des victimes qui ont surchargé le bateau». Ce
soir-là, devant la télévision, Binette a laissé les cris
à son mari, ses grands frères et ses cousins. Elle a
continué à préparer, en silence, son poulet yassa, et
deux mois plus tard elle a accouché de Neurone. Un
enfant né dans le silence et la haine contenue.

Neurone a reçu pour héritage cette rage contre
les institutions, contre ce système corrompu qui
se retourne comme un poisson mort quand il doit
prendre ses responsabilités. Il tient de sa mère cette
haine des costumes-cravates qui traversent la ville
dans des voitures aux vitres teintées et font leur
sieste dans les hémicycles parlementaires, les mains
posées sur leurs ventres bien gras.

Au retour des résultats, la mère de Tibilé a mis du Sprite Citron et une bouteille de bissap sur la table, rien de plus. Sa sœur Fatou, ses petits cousins du village, sa tante et la bonne lui font des félicitations molles. Un petit esprit de fête qui ne prendra pas. Dans cette maison, personne n'a jamais soufflé de bougie d'anniversaire et on garde les sentiments dans le grenier. Les Kanté ne célèbrent que l'utile et l'obligatoire : fêtes religieuses et mariages. On ne sait pas rendre hommage à l'individu. C'est culturel : rien au-dessus du clan. Ou religieux : rien au-dessus du Prophète.

Le portable de Tibilé n'arrête pas de sonner. Un message de Neurone et des dizaines d'appels d'Issa. Celui de Neurone est un malaise. « Je n'aime que toi. » Elle l'efface. Le Samsung se remet à vibrer : c'est encore Issa.

– Pourquoi tu décroches pas ? C'est qui ? demande Aïcha la curieuse.

Même si Issa ne retient aucune leçon, il en mérite une. Tibilé ne répondra pas. Il n'est pas venu chercher ses résultats, maintenant il va devoir mariner. Par contre, elle ne sait toujours pas comment il a réussi à avoir son bac. C'est grâce au marabout ? À ses textes coraniques ? À ce Bic noir défaillant ?

Aïcha lui arrache le téléphone des mains et répond à sa place : « Oui, Issa ! Oui, elle est là, avec nous ! Dis-moi, Issa, t'as pu faire ma tenue pour le mariage ? D'accord… Merci… »

Tibilé se demande bien pourquoi Issa n'a rien demandé, pour ses résultats. Sûrement encore des histoires de superstition. Les résultats ne doivent venir que de la bouche de Tibilé en personne, et pas au téléphone, sinon ça casse tout.

Sur la dernière marche de l'escalier, l'assiette de thiep est prête au départ pour l'hôpital. Tibilé ne pense qu'à une seule chose, fuir :

– C'est moi qui apporte le thiep à Jacob, elle dit en l'attrapant.

La chambre 22 est un refuge. Mais Baba s'interpose entre elle et l'assiette. Comme un jeu d'enfant un peu gauche. Il veut que l'on fête malgré tout sa mention, sans vraiment savoir comment s'y prendre.

– C'est ton jour, aujourd'hui, Tibi !

Elle insiste. Elle veut voir Jacob. Comme s'il allait disparaître demain. Pour être sûr qu'il existe vraiment. Aïcha met fin à la mascarade :

– Laisse-la, si c'est ça qu'elle veut. Qu'elle aille chez les fous !

Aujourd'hui, la dame à l'accueil de l'hôpital psychiatrique porte une perruque bouclée qui lui remonte les pommettes et adoucit son visage.

– Elle vous va très bien, cette nouvelle coupe ! la félicite Tibilé.

Elle la voit enfin sourire. Ses deux dents de devant sont écartées. Le « sacré yalla », dernière case de la beauté, au pays. L'hôtesse lui répond qu'elle est gentille, qu'elle donnerait tout pour redevenir jeune et fine comme elle. Elle n'est plus une grosse connasse à l'aigreur dépigmentée, mais la gardienne du malheur de ceux qui ont enfermé leur frère, leur mari, leur femme, leur enfant, parce qu'ils ne pouvaient plus faire autrement.

Tibilé lui partage son petit bonheur :

– Je viens d'avoir mon bac !

Le visage de la dame s'éclaire. Tibilé voit en elle une mère, une grande sœur, à la poitrine réconfortante et aux bras tendres.

– Mash Allah ! C'est bien, ma fille ! Tes parents doivent être fiers de toi.

Tibilé ne sait pas quoi répondre. Son portable vibre. Elle décroche. « Allô, Issa ! Je peux pas te parler là ! Je rentre dans un hôpital. On se rappelle. » Elle raccroche et l'éteint. Elle laisse Issa comme le pilon dans le citron et la moutarde. C'est tout ce qu'il mérite. Elle se sent un peu folle et ce n'est pas désagréable.

Dans le couloir, elle croise des patients sans plus aucune crainte. On s'habitue à tout. Sitôt qu'elle entre dans la chambre 22, Jacob ne lui laisse aucun répit :

– Tu l'as eu ! Je le sais.

Ça fait deux jours qu'ils ne se sont pas vus mais il reprend la conversation exactement là où ils l'avaient arrêtée. Jacob a figé le temps et sa coupe de cheveux est toujours impeccable. Ici, même les cheveux ne poussent plus.

– Comment tu sais?

– Je sais tout, Tibi Toubab!

Tibilé pose l'assiette de thiep. Les yeux de Jacob annoncent une mauvaise météo.

– C'était quoi le sujet de philo?

– «Observer suffit-il pour connaître?»

– Tu as parlé de Platon? J'en suis sûr. Platon, c'est l'arôme Maggi de la philosophie. Les gens ne connaissent que lui.

– J'ai dit que notre observation était conditionnée par ce qu'on a vécu.

– C'est puéril… Pourquoi tu n'as pas parlé de la vérité? Surtout toi, avec ton voile là! «Le dévoilement a besoin du voilement.» C'est ça que disent les Grecs.

– C'est hors sujet. J'ai répondu à la question, c'est tout.

– On ne répond jamais aux questions, on ne fait que mentir, on ne fait que dire ce que les gens veulent entendre.

Il a raison. Elle finira par dire «oui» à un garçon, «oui» à sa mère. Elle le fera pour sa famille. Pour pas les perdre. Elle veut rester dans ce bain chaud familial. Elle veut y baigner toute sa vie alors, elle

152

jouera le jeu qu'on attend d'elle. Pour ne pas devenir l'étrangère, la folle.

– Et quelle mention tu as eue?

– «Assez bien».

– Mais tu es nulle!

Et il se met à rire.

– Tu es nulle et vilaine!

– Je vais partir en France, Jacob.

C'est la première fois qu'elle l'appelle par son prénom. Une phrase d'amour impossible. De fin de film. Il prend la voix du général de Gaulle, en posant sa main droite sur le cœur:

– «La France des couleurs défendra les couleurs de la France!»

– Non, sérieux, c'est comment la France?

– Des paysages clairs et des visages troubles.

Il est très content de sa phrase.

– Tu as grandi là-bas, non?

– On est bien là où est invités, on reste là où on est le bienvenu.

On tape à la porte: «La visite est terminée!»

– Rien n'est terminé! Tout commence! gueule Jacob.

– Je vais y aller, Jacob.

– Attends !

Dans son regard, elle retrouve l'enfant abandonné par sa mère. On sent que ce qu'il va dire lui coûte cher.

– Tibi ! Tu veux te marier avec moi ?

– Non !

– Pourquoi ?

– T'es trop vilain !

Ses yeux ont viré orage. Elle sort de la chambre 22 avec un mauvais goût dans la bouche. Une mauvaise chute, une mauvaise ponctuation. Elle voulait être drôle et ce n'était pas le moment. Elle ne peut pas revenir en arrière et le consoler. C'est mort. Au bout du couloir, elle entend la voix de Jacob crier deux fois : «Personne ne se mariera avec toi, Tibilé !!! Personne ne se mariera avec toi, Tibilé !!!» Elle fait comme si elle n'avait pas entendu. Mais on n'ignore pas ce genre de phrase. On ne se débarrasse pas aussi facilement de la folie.

Fin de journée. Il est temps de redonner vie à Issa. De loin, la maison de l'Homme ressemble à une étable. Une maison de plain-pied au toit pointu qui laisse entrer la pluie et le soleil. Derrière, une cour intérieure au sable fin, que les femmes tamisent tous les jours. La dernière ligne de maisons avant la nationale. Prise entre l'élevage peul et les boucheries de Diamaguène. Construite du temps des Français.

Tibilé ne vient jamais par ici. Elle a trop peur des cornes des vaches et des éleveurs qui se baladent une machette à la main. Ils portent des chèches, font de grands pas et tu ne vois que leurs yeux d'hommes du désert. À Diamaguène, personne ne fera de problèmes à un Peul de Fora. Ils ont gardé ce truc de gens du voyage, sur lesquels tu n'as pas de prise. Tibilé doit affronter sa peur, Issa lui aura tout fait. Un bon ami te bouscule. Même sans le vouloir. Elle avance entre les vaches éclairées par les phares des voitures de la voie rapide. Le souffle gras de leurs narines alterne avec le son des moteurs poussés à fond. Elle évite les flaques et les bouses. La pluie d'hier soir a retourné la terre et le fumier.

La mère d'Issa vient lui ouvrir.

– Tibi ! elle fait avec sa petite voix de femme à la beauté intimidante. Je vais le chercher, installe-toi !

Malèle a des yeux marron clair piqués de taches noires. Son visage est dessiné au crayon le plus fin et son corps flotte dans des pagnes heureux qui tiennent seuls et te laissent entrevoir, dans leurs danses, les plus belles formes. On ne regarde pas Malèle : on s'y perd. Et devant cette parfaite fragilité, tu baisses le regard pour retourner à ta misérable condition d'être humain. Comment fait-elle pour rester aussi belle malgré ce qu'elle a vécu ? Lorsqu'elle est arrivée à Dakar, avec Issa tout bébé, elle n'a pas eu besoin de parler pour trouver un mari. Même les poissons du marché tournaient la tête sur son passage.

156

Malèle lui apporte un petit banc en bois et disparaît dans l'obscurité de la maison. Une fille, un enfant dans le dos, arrive avec un verre de jus et le dépose devant Tibilé. Elle dégage une forte odeur, ses seins ballants sont pris dans un tissu léger. Les sœurs du père d'Issa ont toutes des enfants mais personne ne sait où elles ont été enceintées. Allongées sur une plage, contre le mur d'un terrain en construction, à la sortie d'une boîte de nuit, sur la banquette d'une voiture ou entre deux arbres, là où le plaisir se prend à deux. Mais quand les cycles se dérèglent et que les premières nausées arrivent, les hommes disparaissent.

«Chez moi y a que des Vierge Marie», avait lâché un jour Issa. C'était à la sortie du lycée, en seconde. Neurone avait repris : «Mais tu sais que "Issa", c'est le prénom musulman de Jésus? Que ton père, qui n'est pas vraiment ton père, travaille le bois comme Joseph, que tu habites au milieu d'un élevage et que personne ne sait où ta mère t'as eu?» Neurone avait sorti ça très simplement. Sans vraiment prendre conscience de la violence de ses mots. Issa n'a rien dit. Il a enlevé sa bague, il s'est placé devant son copain et lui a mis une de ces gifles qu'on voit arriver de loin mais qu'on ne peut éviter. Neurone est tombé à terre. Issa l'a montré du doigt et lui a dit : « Tu es mon ami, dis-toi bien que j'ai enlevé ma bague pour te frapper. Mais c'est la dernière fois que je t'entends parler de ma mère. » Ils ne se sont pas parlé pendant trois mois. Issa ne raconte jamais rien de son histoire familiale, il lâche juste : « De mon père, j'ai cette bague et son mètre quatre-vingt-huit. »

De retour dans le salon, Malèle tourne son doigt contre sa tempe pour mimer la folie.

– Il dit que tu dois venir dans sa chambre. Il ne peut pas en sortir.

Malèle est une femme très drôle. Par des petits gestes comme celui-là, elle te signifie qu'elle a tout compris.

– Je vais boire mon jus d'abord, répond Tibilé.

– Oui, t'as raison. Prends ton temps.

On entend la machine à coudre d'Issa, depuis le couloir. Quand Tibilé entre, il lève sa tête de « demande-à-Dieu » vers elle.

– Alors ?

– Alors quoi ?

– Arrête-toi, Tibi, maintenant !

– Tu l'as eu, Issa !

Il est sonné. La fait répéter.

– J'ai eu le bac?

– Oui!

– Jure-le!

– Au nom de Dieu!

Il se lève, effleure Tibilé en disant quelque chose comme «Merci, Tibi». Il sort de la chambre et marche dans le couloir en se tenant au mur. Tibilé garde ses distances. Quand elle le rejoint dans le séjour, il est dans les bras de sa mère. Elle ne l'avait jamais vu pleurer. Elle va les laisser. Mais au bout de quelques mètres, elle entend sa voix:

– Attends-moi, Tibi!

C'est l'heure où le soleil découpe les silhouettes. Les bêtes se sont couchées, comme dans la crèche de la famille de Neurone chaque Noël. Issa la rejoint, les tenues d'Aïcha et Fatou dans les bras.

Aïcha est plantée dans une chaise en plastique Fanta Orange. Elle n'en bougera pas pendant tout le mariage. Ne jamais danser, et attendre que les autres viennent à toi. Elle a toujours appliqué ces principes. Aujourd'hui, elle est très contente de sa tenue. D'habitude, avec Issa, y a toujours quelque chose qui cloche. Combien de fois elle s'est retrouvée avec les mensurations de la voisine ou des tissus qu'elle n'avait même pas fournis. Mais cette fois-ci, rien à dire. Le boubou est impeccable. Issa a fait du bon travail.

Keur Massar est un quartier très fier de lui, comme tous les quartiers dakarois. On a bloqué la rue et installé trois tentes de réception devant la maison familiale. La jeune mariée est assise sur un trône blanc de location, posé entre deux grandes flaques d'eau. Les invités font la queue pour prendre une photo avec elle. C'est la fille d'un cousin mais, avec tout ce maquillage, on a du mal à la reconnaître. « C'est plus du maquillage, c'est de la maçonnerie », dit Baba chaque fois qu'il se traîne jusqu'à un mariage. Elle doit avoir l'âge de Tibilé, peut-être même plus jeune. Elle se marie avec un jeune Français, un cousin, qui a grandi à Paris. Un « mariage WhatsApp ».

Un photographe s'approche d'Aïcha, elle fait le petit revers de la main et sa tête d'importunée. Il insiste :

– Je fais mon travail !

Aïcha répond :

– Va faire ton travail ailleurs !

Elle n'aime pas les photographes de mariage. « Y prennent et après tu ne vois jamais les photos ! »

Vient l'heure du griot. Le grand moment que les dames d'un certain âge attendent. Le griot est le metteur en scène de la communauté. Il scande ton histoire et celle de ta famille. Dans sa bouche, tu deviens une étoile de la vaste constellation.

Et plus tu l'arroses de billets, plus ton nom brillera. Le griot peut te surclasser dans la hiérarchie des femmes soninkées respectées, qu'on regarde avec les yeux bas de la jalousie. Celui-là, Aïcha le connaît. Un homme très maigre. Il n'a que la peau, les os et une très belle voix. Ici, à Dakar, on se l'arrache. Ce griot maîtrise parfaitement ses dossiers de généalogiste.

Il commence par s'échauffer avec une cousine de Baba. La dernière fois qu'Aïcha l'a vue, c'était y a dix ans. Elle a encore pris en fesses et en joues. Elle était venue à Dakar pour leur confier son dernier enfant. Un petit Français à l'esprit malade. Avec Aïcha, elles se saluent, de chaise en plastique à chaise en plastique. Sourire de contrefaçon et hochement de tête. Une guerre de positions. Aïcha ne l'a jamais aimée. Quand tu l'écoutes, on dirait qu'elle loge dans un palais présidentiel alors que tout le monde sait qu'en France elle passe la serpillière. Aïcha connaît bien la France qui fait perdre le sourire et la couleur aux pagnes. Il lui arrive d'aller visiter ses enfants à Bobigny, Cergy ou Vaulx-en-Velin. Là-bas les gens ne se regardent pas, ils fixent l'écran de leur téléphone et ferment leurs

162

yeux pour courir derrière leur manque de sommeil. Moins elle y va, mieux elle se porte.

Le griot a repéré Aïcha. Elle plonge sa main dans son petit sac à main, pour sentir la liasse de billets de 1 000 francs qu'elle a préparée. La coupure minimum à sortir en public. En dessous, on va dire que t'es radine, que ton mari ne te donne rien, ou que ça ne sert à rien d'avoir des enfants en France si tu n'as pas d'argent.

Aïcha enfile sa posture de Madame l'ambassadrice. Ni trop grave, ni trop légère. Le griot incline la tête vers elle et lance ses premières paroles :

– Aïcha Kanté ! La grande Madame Kanté ! Du quartier mythique de Gueule Tapée !

Ce griot sait de quoi il parle. Aïcha a grandi à Dakar, entre la corniche et le Plateau. Dans chacun de ses pas, dans la manière dont elle porte sa tête, dont elle tend les billets avec nonchalance, on sent l'éducation de la jeune fille de la ville. Ne jamais trop en faire, le geste juste. Une vraie Dakaroise, bercée aux percussions de Doudou N'diaye Rose et au saxo de l'Orchestra Baobab. Le griot lève le bras au ciel, son front dégouline et, quand il chante, des gouttes tombent de sa bouche, de son nez, de son front. Il n'a pas l'air fatigué, pourtant. Avec l'argent qu'il se met dans la poche, il peut oublier sa peine :

– Aïcha Kanté, la fille du grand guérisseur Dramane Kanté. L'homme qui guérissait les plus grands artistes ! L'homme qui ne guérissait pas pour l'argent mais pour l'amour de Dieu !

Ce griot est encore plus fort qu'elle ne le pensait. Son père, le grand Dramane Kanté, mort quelques jours après son mariage. Une fille ne fait jamais le deuil de son père. Elle plonge dans son petit sac à main pour attraper mouchoir et billets. Le griot s'éloigne, la poche lourde de CFA, et le DJ envoie le dernier tube de Wally Seck.

La mariée, entourée de ses sœurs et ses amies, danse sobrement, son gros téléphone à coque dorée et oreilles de lapin à la main. Hier, elle passait ses journées sur TikTok en pyjama rose devant des séries sénégalaises, et aujourd'hui, elle est une femme respectable, prête à l'emploi. Aïcha se lève. C'est l'heure des jeunes. Ils vont boire des sodas, se faire piquer par les moustiques et danser toute la nuit. Elle entre dans une pièce vide, où quatre femmes se déshabillent et enlèvent tout ce qui peut attirer l'œil vicieux des voleurs. Entre Keur Massar et Thiaroye, quand le soleil n'éclaire plus rien, les agresseurs sortent de l'ombre pour arracher ce qu'ils peuvent.

La cousine de Baba se prépare aussi au départ. Aïcha se place à côté d'elle, en face du miroir collé à une grande armoire. Aïcha commence par enlever son or : collier, bracelets et boucles d'oreille. Elle met tout dans un sac en plastique noir, bien opaque, pendant que la cousine de Baba enlève sa perruque.

– Mon David est venu me voir. Il est en vacances en ce moment même à Dakar.

David, le fils aîné qui rend maman fière comme une médaille de tirailleur. Elle raconte partout qu'il est très beau, a une bonne situation à Paris, fait ses cinq prières et construit sa maison à Dakar. Que demander de plus à Dieu ?

– Ah, comment il va, mon petit David ? demande Aïcha.

– Il est très grand, maintenant. C'est un homme. D'ailleurs, il est temps qu'il se marie.

Elles se tiennent l'une à côté de l'autre, en soutien-gorge de grand-mère. Aïcha dit souvent qu'elle peut lire dans les pensées des autres, qu'elle

165

a des pouvoirs mystiques : «Je suis le marabout de moi-même.» Mais là, pas besoin de lire dans les pensées.

– Tu sais, David me parle souvent de Tibilé. Comment elle va, Tibi Toubab?

Aïcha ne supporte pas cette cousine mais ça n'a aucune importance. Et comme on dit : «L'amour vient après.»

Tibilé et Baba s'arrangent pour ne jamais croiser leurs regards. Un orteil, une poussière sur le tapis, une télécommande, une mouche, y a toujours un détail sur lequel se concentrer pour disparaître. Baba est assis devant une pile de papiers parfaitement ordonnée. Il aime «la paperasse», comme disent les Français. La touche avec délicatesse, connaît la valeur de chacune de ces feuilles. Il sait dresser la bête administrative, lui parler dans le creux de l'oreille et faire claquer son fouet pour qu'elle montre la patte.

Depuis son départ à la retraite il y a trois ans, Baba passe son temps entre demandes et relances administratives. Il se rend en ville presque chaque jour, se tape quatre heures d'embouteillage avec des gaz d'échappement qui te rentrent dans les poumons et t'assèchent le nez. Il paye le stationnement et attend des heures dans des couloirs qui résonnent. Un acte de propriété d'un terrain acheté à Dakar pour un de ses frères, des états civils de cousins au village, des dépôts de demande de nationalité en France, des actes de mariage de ses petites nièces, des ouvertures de compte en banque au pays pour ses enfants vivant en France, une demande de bourse étudiante au Maroc pour la fille de sa sœur, des suivis de contrôle technique pour des voitures qu'on lui laisse en dépôt… Quelque part il aime ça, détenir entre ses mains le sort des autres, ça lui donne du pouvoir mais c'est aussi sa manière à lui de dire qu'il aime les gens, en démêlant les fils de leurs destins administratifs.

Sans regarder Tibilé, Baba glisse ses doigts dans une chemise en carton rouge et en sort un papier, comme s'il s'agissait d'un précieux minerai.

– Pa Hamedy t'a trouvé une inscription d'université en France.

Il lui tend le papier et n'ajoute rien de plus. Elle lit, le visage fermé : « Inscription de Tibilé Khadi

Fanta Kanté à l'université de droit de Marseille. »
Va savoir pourquoi Marseille ? Pourquoi droit ? Son
oncle Hamedy, à qui on a confié la tâche de cette inscription, connaît peut-être quelqu'un qui travaille
pour l'université. Il n'a rien eu à faire. Juste un coup
de fil. Ou bien une mauvaise manipulation ? Oncle
Hamedy rentrait de son chantier à l'autre bout de
Paris et, dans le RER, avec son téléphone, il n'a pas
bien compris, l'écran était trop petit et il était fatigué, et il a choisi Marseille. Elle ne saura jamais.

Mais aujourd'hui, la seule information qui
compte est celle de son départ en France. Avec ses
amis, ils en ont toujours parlé. Pour Neurone et
Issa, c'étaient des rêves de richesse et de succès. Des
défilés de mode à Paris et à Milan, pour l'un. Une
carrière de médecin, de chercheur ou de chef d'entreprise, pour l'autre. Pour elle, c'étaient juste des
rêves de solitude. Quitter sa chambre à partager, son
tour de ménage, de thiep. Ne plus avoir le souffle
de Baba et d'Aïcha dans sa nuque. Atterrir dans le
hall d'un aéroport international, puis prendre un
train et coller son visage sur le paysage qui défile.
Chercher son chemin devant un plan de métro.
Aller au cinéma, manger un hamburger bien gras

au coin d'une rue et laisser venir vers elle celui qui aura la bonne odeur du mec pas con, mignon et qui sait doser la confiance qu'il a en lui.

Les doigts de Tibilé transpirent sur la feuille.

– Je vais à Marseille?

De Marseille, elle sait juste que c'était la ville de son grand-père Kissima. Il y avait travaillé plus de trente ans, comme cuisinier sur les bateaux de la Transatlantique. Chez lui, y avait des cartes postales du Vieux-Port sur le grand buffet noir du salon. Sur la fin de sa vie, il parlait presque tous les jours de Marseille, en boucle : « Marseille, c'est pas la France, au nom de Dieu ! Les Marseillais, c'est pas des Français ! » Et il avait toujours le regard un peu mouillé. On savait plus si c'était parce qu'il avait l'œil des vieux ou s'il avait envie de pleurer. Il revenait juste pour les vacances, au Sénégal, où il avait laissé femme et enfants, puis il repartait travailler toute l'année sur les bateaux. À l'âge de la retraite, il a quitté le cours Belsunce et son petit appartement de la rue Thubaneau. Entre les filles de joie et le café de Momo où il buvait son expresso avec son ami l'écrivain et réalisateur Ousmane Sembène. Une vie cassée trois fois. Comme le riz.

– Tu pars dans dix jours, a conclu Baba. D'abord, tu iras à Paris, chez un tonton. Il va s'occuper de tout, là-bas.

Elle a déjà entendu ses tontons parler de Baba, en rigolant, comme quelqu'un de très différent quand il était jeune. D'un homme à femmes. Qui faisait la fête. Elle a plein de questions mais rien ne sort, on n'est pas impudique, surtout quand il s'agit de son père.

– Comment s'appelle ce tonton?

– Kane.

Un nom de Peul. Ça veut dire qu'il n'est pas de la famille. Baba envoie sa fille dans son passé. C'est sa manière à lui de lui dire qu'ils se ressemblent. De l'aimer en silence.

Baba était un élève brillant. En fin d'études à Dakar, il avait décroché une bourse de doctorant en économie à la Sorbonne. Il avait vingt-huit ans et partageait une chambre de bonne avec deux cousins, pas loin du jardin du Luxembourg. Ousmane Sembène, le grand ami de Kissima, avait mis à disposition, le temps nécessaire, son vingt mètres carrés en plein Paris. Y vivre à trois demandait de l'organisation, et quand l'un d'eux draguait une fille, il fallait être un fin négociateur, pour finir chez elle. Baba venait de se marier et chaque fois qu'il se baladait dans les rues du VIᵉ arrondissement avec ses deux cousins, ils en arrivaient toujours à la même conclusion : «Dieu nous a envoyés ici pour nous mettre à l'épreuve.» Les

Parisiennes étaient beaucoup trop belles et, à force de croquer dans la pomme du péché, il ne restait plus que la tige et les pépins. Et encore. Il faut dire que Baba avait plus que la beauté, il avait de l'allure. Et l'allure, c'est tout ce qui compte.

Le Paris des années quatre-vingt, quatre-vingt-dix était une sorte de doux enfer, et la Seine un Styx transportant une enivrante odeur de décadence et de Françafrique. Partout on entendait sonner du Koffi Olomidé, du Salif Keïta ou du Kassav'. Une époque où l'on pouvait encore «gâter les coins» sans que personne n'en sache rien. Le smartphone, objet du malin, a tout changé. Aujourd'hui, si tu bois une bière en terrasse, dans l'heure, toute ta famille au pays en est tenue informée. Ils ont le nom du bar où t'as trempé ta moustache et avec qui tu étais.

Dans cette époque formidable, Baba n'avait qu'à se lever, se doucher, se raser, se parfumer, se glisser dans ses plus belles chemises, enjamber les deux corps endormis de ses cousins, longer le jardin du Luxembourg, acheter *Le Monde* rue de Vaugirard et s'asseoir en terrasse, au Rostand, chez Monsieur Jacques. Il se commandait un café et respirait la vie parisienne. Parfums de femme, feuillage automnal et pots d'échappement.

Le destin venait le servir à table. Douceur de vivre d'un homme qui avait laissé ses responsabilités familiales à cinq heures et quarante-cinq minutes d'avion.

Le printemps 1989 a marqué une nouvelle ère parisienne pour Baba. Ce soir-là, il est avec deux copines de fac aux rires de femmes libres et aux cheveux blonds qui prennent merveilleusement bien le vent. Baba est vêtu d'un pantalon et d'une chemise en lin blanc. Le col, en wax vert, rappelle ses motifs géométriques sur les poches et l'ourlet retourné du pantalon. Le grand calcul. Les deux filles portent de ces robes dont tu ne demandes même pas le prix. Légères et élégantes, discrètes sans l'être. Le luxe ne s'impose pas, il s'invite dans le regard de l'autre. Baba veut les amener au Moï Moï, une boîte de nuit afro dont le tout-Paris raffole. Dans le taxi en route vers le cœur du VIIIe arrondissement, Baba a ouvert la vitre arrière, le vent chaud de la capitale lui fouette le visage et s'insinue dans sa chemise déboutonnée. Il déguste ce début de soirée comme l'entrée d'un restaurant étoilé. C'est léger, ça ouvre l'appétit et c'est plein de promesses. Il s'interroge à voix haute, bien fort, pour que tout le monde entende :

– C'est drôle, Moï Moï, c'est le nom d'un village mauritanien qui est juste en face du village de mon enfance !

Une des deux filles répond, en se replaçant une mèche :

– Mais je croyais que t'étais sénégalais ?

– Tu sais que la Mauritanie et le Sénégal partagent une frontière, quand même ?

– Ah bon ? dit-elle en sortant un rouge à lèvres de son Kelly brun camel.

Baba tourne la tête vers le pont Alexandre-III et murmure à voix basse, comme s'il s'adressait à Paris :

– Elle fait Normale Sup' et elle ignore que le Sénégal et la Mauritanie sont voisins…

Arrivés devant la porte de la boîte de nuit, les physionomistes les laissent passer. Mais une fois à l'intérieur, un homme grand et mince, clair de peau et habillé comme un diplomate, arrête Baba avec délicatesse :

– Jeune homme, vous ne pouvez pas entrer, je suis désolé.

– Et pourquoi ça, monsieur ? demande Baba très calmement.

– Parce que vous ne portez pas de cravate.

L'homme détourne la tête, laissant voir deux niasses sur sa tempe droite, ces petites incisions que certains

Peuls ou Soninkés font à leurs enfants quand ils sont touchés par des infections oculaires. En voyant les deux niasses, Baba croit immédiatement reconnaître Kane, un homme avec qui il a partagé une partie de son enfance, le petit-fils d'un éleveur mauritanien qui traversait la frontière pour vendre ses bêtes à Diara, le village où a grandi Baba. Avec le temps, leurs grands-pères étaient devenus amis et, pendant qu'ils palabraient, le petit Kane passait ses journées à jouer avec le petit Baba, plus jeune de dix ans. Baba a la quasi-certitude que c'est lui, à l'entrée de la boîte de nuit. Alors il prononce ces mots que son grand-père criait toujours quand il voyait l'éleveur arriver au village suivi de son troupeau :

– *A tottani mi!*

« Rends-moi ma monnaie ! » Une blague pour entamer les négociations.

Monsieur Kane s'est troublé. Baba s'est approché de son oreille et lui a dit, en soninké :

– Grand frère, arrête de pleurer et donne-moi une cravate, s'il te plaît.

Baba n'a jamais su comment Kane était devenu le patron de la discothèque afro la plus sélecte de Paris. Mais le Moï Moï est devenu sa maison.

Depuis, tous les week-ends, Baba rejoint Monsieur Kane à l'heure de la cinquième prière. Ils dînent ensemble et ne se quittent qu'à l'heure de la première. Ils sont faits du même bois solide. Ne boivent pas une goutte d'alcool, ne fument pas et portent admirablement bien le costume. Baba sait être discret, s'efface quand il le faut et rend tous les services possibles à son aîné, sans poser de questions : ramener un client trop saoul, aller chercher une star à l'aéroport, réceptionner des caisses de champagne, payer un dealer à la porte de derrière, ou le remplacer à l'entrée de la boîte.

Entre ces deux-là, le silence n'est pas un invité gênant. Monsieur Kane parle peu et ne s'adresse à toi que si c'est vraiment utile. Comme tous les vendredis soir, ils se retrouvent dans le bureau du patron, juste avant l'ouverture du Moï, pour partager une assiette de thiéboudienne. Un rituel. Mais y a un repas que Baba n'oubliera jamais. Encore aujourd'hui, plus de trente ans après, il lui arrive de penser à ce que Monsieur Kane lui avait dit ce soir-là. De ces souvenirs qui te filent le sourire de l'idiot et qui sont impossibles à raconter. Il fallait y être.

C'était un vendredi soir de décembre, vers 23 h 30, dans le grand bureau de Monsieur Kane. On y accédait par le bar de la boîte de nuit. Un éclairage tamisé, un bureau métallique d'administration, une table basse, un fauteuil, un canapé en cuir et un tourne-disque sur lequel Kane passe toujours le même vinyle : *Mame Bamba*, d'Omar Pene et du Super Diamono. Baba a toujours trouvé les fans d'Omar Pene un peu condescendants. Comme s'il fallait avoir compris certaines choses de la vie pour l'apprécier. Baba, lui, est plus Youssou N'Dour, «le roi du mbalax». Mais il faut avouer une chose. La voix d'Omar Pene s'apprête parfaitement au décor de Série noire du bureau de Monsieur Kane.

Comme tous les soirs, le Super Diamono plaque ses accords sur les cris aigus de ces étranges oiseaux noirs qui volent dans le ciel de Dakar. Omar Pene chante son ami disparu, le grand bassiste Bob Sene. «El Hadji, mon ami, El Hadji, mon ami d'enfance, Dieu nous a réunis et nous sommes devenus qu'un seul être.»

Le Moï Moï ouvre ses portes à minuit douze exactement. Pas minuit onze ou minuit treize. Surtout pas minuit treize. Monsieur Kane ne rigole pas avec ce genre de détail. Mais ce soir-là, les femmes de la Goutte d'Or qui livrent le repas ont du retard. Quand le thiep arrive enfin sur la table, il ne leur reste pas beaucoup de temps pour dîner. Monsieur Kane attrape sa cuillère et, juste avant de plonger le fer dans le riz chaud, dit:

– Tu sais, chaque fois que je mange un thiep, je pense au Moï. À chaque fois! Le Moï, c'est comme un thiep. Au nom de Dieu, c'est pareil.

Et il s'arrête là. Derrière, Omar Pene chante sa triste litanie. Monsieur Kane sait qu'il ne va pas avoir le temps de dire tout ce qu'il a dans la tête. Soit on mange, soit on parle. Il ne faut pas faire entrer de la parole dans son estomac. Alors, comme c'est la coutume quand on est l'aîné, il lance le repas. Mais Baba, qui d'ordinaire n'aurait jamais relancé la parole de son grand, ne résiste pas :

– Comment ça, tu penses au Moï ?

Kane stoppe net la trajectoire de sa cuillère à un centimètre du thiep, regarde Baba et dit :

– Le Moï Moï, c'est comme un thiep ! Tous les ingrédients que tu vois dans ce plat, il te les faut dans la boîte de nuit…

Baba ne sait pas si Monsieur Kane est vraiment sérieux. Il n'est pas du genre à blaguer. C'est un homme strict, au regard dur et au corps rigide de militaire. Et puis c'est son grand. Alors, Baba pose sa cuillère sur le bord du plat et il écoute.

– Déjà, y te faut des petits poissons pour faire la sauce. Les petits poissons avec plein d'arêtes, ce sont les technocrates. Ceux qui travaillent dans les ministères, dans les grandes administrations. C'est la base. Y cuisent longtemps. Y ressemblent à Monsieur et Madame Tout-le-Monde, ils ont l'air de rien avec leur tête de yaboy, là ! Mais attention, y sont très importants. C'est eux qui mettent les coups de tampon. Y peuvent t'aider ici, mais aussi au pays. Faire venir un petit cousin et même trouver un emploi à la ville de Paris à ton fils. Y peuvent même intervenir pour des problèmes plus graves : fermeture administrative, problème foncier, litige... Y faut les respecter autant que les mérous ou les thiofs, peut-être même plus, je te jure.

C'est la première fois que Baba entend Kane parler aussi longtemps. Le ton de sa voix est posé. On dirait que tout est déjà écrit. Comme une pensée qui a longuement muri avant de sortir.

– Après, t'as les poissons séchés. Eux, c'est les fils de président, les enfants bien gâtés, les petits princes du Golfe... Moi je les appelle les « papamadits » ! Ce sont de grands impolis mais y donnent beaucoup de goût à ta sauce. Et comme y sont très salés, y ont très soif. Les « papamadits » consomment beaucoup. L'argent là, il leur brûlent les mains ! Y z'aiment trop faire la fête ! Mais faut les gérer. À surveiller de très près ! Trop de poissons séchés peut rendre ton thiep immangeable... Bon, ensuite tu as les gros poissons. D'abord les gros poissons d'ici. De France, quoi ! Les Premiers ministres, les ministres de l'Intérieur, les grands maires, les chefs de parti politique. Eux y viennent, y sont sobres. Même la bouteille que tu poses sur la table, y touchent pas. Mais quand y sont là, y faut que tout soit parfait. Les gros poissons ne payent rien. C'est la règle. Et ils ont besoin d'espace. C'est pour ça que tu les mets toujours au-dessus du plat, dans un salon VIP. Pour les déguster à part.

Derrière la porte du bureau, la boîte de nuit commence sérieusement à s'affairer. Devant eux, le thiep ne fume plus et Pene en a fini de chanter son ami défunt.

– Après t'as les gros poissons de chez nous, les thiofs ou les capitaines, avec leurs écailles de chef d'État africain. Même avec un couteau, tu n'arrives pas à rentrer dedans. Eux, c'est pas comme les gros poissons de France. Même quand tu leur offres les meilleurs champagnes, y peuvent te regarder de travers, te traiter d'insolent et te dire : «J'ai les moyens d'acheter ta boîte de nuit.» Avec les gros poissons de chez nous, la règle, c'est de demander ce qu'ils veulent, et d'attendre. C'est eux qui doivent décider… Bon, tu as aussi les légumes. Sans légumes, tu t'étouffes quoi, ce n'est pas digeste ! Et puis c'est pas joli… Les légumes, ce sont les femmes, et dans une boîte, y te faut toutes sortes de légumes…

Kane s'arrête et fait son sourire de séducteur des années cinquante :

– Moi, j'aime trop les patates douces. Elles sont robustes mais tellement sucrées. Elles ont la taille parfaite. C'est le juste milieu entre les gros morceaux de manioc et les petites carottes. Pour moi, les maniocs sont trop robustes et les carottes, elles passent la soirée à faire des aller-retours aux toilettes pour sniffer la blanche. Les carottes, y faut pas attendre pour les manger, passer 2 heures du matin je te jure qu'elles sont plus comestibles. Mais comme disent les Français : « Les goûts et les couleurs ne se discutent pas ! »

Il s'arrête et prend sa voix la plus rêveuse :

– Il ne faut pas oublier les diakhatous. C'est ce qui y a de plus rare ! Les diakhatous sont tellement belles que tu n'oses même pas y approcher le bout de ta cuillère. Les diakhatous, ce sont les mannequins et les stars. Y faut être un peu sorcier pour leur parler à l'oreille. Tu vois, elles sont uniques, avec leur vert brillant et leurs formes bien équilibrées, toutes raffinées. Et chaque fois que tu en coupes un morceau, ça déverse dans ton plat ce qu'il faut d'amertume et de fraîcheur. Rien ne remplace les diakhatous. Les diakhatous, ce sont des femmes fatales, quoi !

Baba comprend tout ce que Kane lui raconte. Ces métaphores sont bien plus qu'une blague. C'est toute la capacité d'observation que son aîné lui livre à ce moment-là. Il sait maintenant pourquoi ce petit-fils d'éleveur mauritanien en est arrivé à devenir ce qu'il est. Un des patrons de la nuit parisienne.

– Et enfin, y a le chou. Le chou, ce sont les grandes dames avec des belles joues roses. Les femmes de président, de ministres, les députées. Une fois j'ai même eu une cheffe de la police. Une très belle feuille de chou, je te jure ! Le chou, c'est la France même ! Y faut faire très attention, y prend beaucoup de place dans le plat. Il a beaucoup, beaucoup d'influence…

Il est déjà minuit, et ce soir, ils n'auront pas le temps de manger le thiep. Monsieur Kane va devoir arranger son nœud de cravate, mettre le dernier coup de parfum et de peigne avant de faire un tour de la salle, vérifier la propreté des toilettes, parler un peu avec le DJ, dire un dernier mot aux serveuses et se placer devant l'entrée pour accueillir ses premiers clients. Il décide d'en finir.

– Et bien sûr, le plus important, les safsafals. Sans eux, pas de goût. Tu en mets un peu et ça te chauffe le Moï. Le piment, c'est les stars françaises.

Attention. Y faut bien l'entourer, qu'il ait son espace à lui. Il faut le surveiller de très près. Tu le mets au bord de l'assiette et après tu le mélanges… mais à peine. Souvent, les stars d'ici, elles se conduisent mal. On a beaucoup de problèmes avec elles… Y faut les recadrer. Moi, je m'en fous! Si elles ont trop pris de cocaïne, qu'elles ont trop bu, qu'elles se croient dans leur thiep… y faut pas hésiter à les foutre dehors. Moi, je me gêne pas, surtout avec les petits piments.

Monsieur Kane a toujours eu le sang dur. Il est généreux mais c'est pas le genre de personne qu'il faut voir énervée. Au Moï Moï, tout le monde sait ça.

– Le tamarin, c'est autre chose. Le tamarin, c'est la star internationale. Elle est trop trop rare, même. Le tamarin se pointe au Moï une ou deux fois dans l'année. Quand ça arrive, tu le dégustes, tu le prends en photo, t'en profites à fond. Ici, on a eu Roger Moore. On a eu Stevie Wonder. Qui d'autre? On a eu Prince, Nina Simone. Le tamarin va accompagner le goût de ton thiep pendant longtemps… Bon, ensuite tu as le yet. Et toi, je sais que tu l'aimes pas.

Kane marque un temps:

– J'ai remarqué que tu le manges jamais.

Baba a un peu honte. Mais c'est vrai qu'il n'a jamais pu manger de ce mollusque noir et séché. Un dégoût.

– C'est pas un détail, le yet. Ce sont les gens de l'ombre... Les managers, les entremetteurs, les gardes du corps. Le yet, il est très discret mais il ne faut pas le négliger. Au contraire ! Parce qu'il accompagne souvent un gros poisson ou un piment. Des fois, ça peut même être le yet qui décide de venir au Moï... Et enfin, t'as le riz. Le riz, c'est tout le monde, ceux qu'on ne connaît pas, quoi ! Le riz, c'est la base. Chaque grain doit être sélectionné avec soin. Les physionomistes, ce sont des maîtres de la cuisson du riz. Moi, je respecte trop les videurs. Ce sont des chefs, au nom de Dieu ! Y doivent avoir des muscles, mais avant toute chose, y doivent avoir un cerveau.

Kane a posé sa cuillère sur le bord de l'assiette, et jeté un coup d'œil sur sa montre Cartier Rotonde en or avec mécanisme apparent. C'est pas une montre qui en fout plein la vue mais quand tu la vois, tu sais à qui tu as à faire : « J'ai travaillé dur pour arriver où je suis et je l'ai fait en respectant chaque personne que j'ai croisée. »

Ce soir-là, Baba et Monsieur Kane ont passé la soirée le ventre vide, mais cette histoire était devenue un langage commun qui les faisait bien rire. Il arrivait que Kane envoie Baba devant l'entrée, juste pour qu'il lui dise si un piment ou un poisson s'annonçait. Le jour où Serge Gainsbourg s'est présenté devant le Moï Moï, Baba a averti Kane : « Y a un piment bien rouge à la porte. » Si c'était le fils Mitterrand ou un neveu de Khadafi, il annonçait : « Y a du poisson séché. »

En fin de soirée, juste après avoir fermé les portes et ouvert aux femmes de ménage, ils finissaient toujours par une petite critique culinaire. Quand la soirée était parfaite, ils se léchaient les babines : « Ce soir, c'était un thiep saint-louisain. »

À cette époque, Baba ne disait plus « Bientôt le week-end », mais plutôt « Bientôt le Moï Moï ». Il faisait intégralement partie du décor de la boîte de nuit. Il était devenu le bras droit de Monsieur Kane. Comme lui, il ne dansait pas, il n'était pas là pour ça.

Baba aimait beaucoup les légumes. De toutes sortes. Il savait leur parler, sans les fatiguer ou les ennuyer. Juste avec un sourire, un mot tranquille. Il quittait souvent le Moï avant que le légume ne soit trop cuit et fatigué. «Toi, tu aimes trop les petites carottes croquantes», lui disait Monsieur Kane. Quand il rentrait au pays, Baba allait à la mosquée, mangeait son thiep et mettait Aïcha enceinte.

Après son doctorat, il a eu un bon poste à Dakar, à la Banque centrale de l'Afrique de l'Ouest. Il n'est jamais retourné à Paris. Parfois, quand Baba est devant une assiette de thiep, il pense à Monsieur Kane, à cette époque parisienne et au Moï Moï. Tout est dans sa tête, comme un souvenir de solitude heureuse. Un rêve de jeunesse au goût bien relevé.

Cette nuit, dans son sommeil, Jacob est revenu en Farou Rap. Il est entré en elle doucement, par derrière, en silence. À son réveil, Tibilé pense à cette phrase de Kourouma : « Un de ces rêves qui vous restent dans les yeux toute votre vie. » Certains disent que quand l'esprit du Farou Rap s'invite dans ton sommeil, tu peux ne jamais te réveiller. Le Farou Rap est plus qu'un rêve érotique. C'est un amant invisible, jaloux et possessif, et il t'offre ce plaisir humide que personne ne peut deviner. Quand il se glisse dans tes draps, seul ton corps reste vierge.

Jacob est devenu son Farou Rap. Elle l'entend encore crier, depuis sa chambre d'hôpital : « Jamais personne ne se mariera avec toi, Tibilé!» Elle ne sait pas si c'était de la haine, un jeu ou juste sa folie.

Tibilé sent les vibrations d'Aïcha derrière la porte. La maison n'a pas la même sonorité, aujourd'hui. Même les moutons ne bêlent pas de la même façon.

– Tibi, lève-toi maintenant!

– Qu'est-ce qui y a?

– Y faut que tu prépares le thiep pour ce soir!

– C'est pas mon tour!

– Ne discute pas. Tu me fatigues. On a la famille qui vient, faut un très bon thiep.

Et elle ajoute:

– Et habille-toi bien!

Tibilé a compris. Elle n'allait pas s'envoler vers la France sans que sa mère lui mette une petite bague autour de la cheville. Comme celle autour de la patte des pigeons d'élevage pour ne pas les perdre. Ça fait déjà deux fiançailles que Tibilé repousse. Pour le deuxième, ça avait été chaud. Aïcha lui avait remis la lettre d'un cousin. On aurait dit qu'elle avait été écrite par un enfant de dix ans. Il l'avait accompagnée de trois photos de lui dans différentes tenues. En jean repassé, en maillot de footballeur et en costard-cravate. Il avait fait les choses bien. Comme pour un entretien d'embauche. Pendant le repas, sa sœur Fatou l'avait un peu taquinée et Tibilé avait lâché :

– Y a trop de fautes d'orthographe dans sa lettre de motivation.

Aïcha s'était arrêtée de manger, avait posé sa cuillère sur le rebord du bol et lancé à Tibilé le regard du meurtrier.

– Tu crois que c'est un jeu, mais moi je ne joue pas.

Tibilé ne sait pas combien de lettres de prétendants elle peut repousser, mais ce qui est sûr, c'est que plus elle repousse, plus elle s'éloigne de sa mère. Et couper le fil qui te relie à la mère, c'est se risquer à tout perdre. Depuis l'enfance, Aïcha tape sur son plexus : «Rentre tes seins !» Elle corrige sa main gauche et, à l'heure des prières, son regard s'infiltre dans les ouvertures de porte pour vérifier que son front est bien posé au sol. Tibilé est bien juteuse. Les yeux des garçons la déshabillent depuis longtemps. Et maintenant, elle a son bac, son passeport et son billet aller vers la France. L'offre de garçons est large. Mais il ne faut pas traîner. Plus la fille prendra de l'âge, moins on viendra taper à la porte. Dans dix jours, elle sera partie. Il faut agir et vite. Signer un contrat en quatre exemplaires avec paraphes à chaque bas de page. Un pour elle, un pour la mère du garçon, un pour Tibilé et un pour lui. Il engagera son nom, celui de son père, sa mère et tous ses oncles, ceux du bled et ceux de France.

Tibilé va chercher un seau d'eau et se lave des odeurs de la nuit. Elle descend dans la cuisine, la bonne a déjà coupé les oignons. Elle lance le rossi dans l'huile chaude, vide les poissons, les écaille. Rien qui ressemble à de l'amour, là-dedans. Elle fera un mauvais thiep. Sans âme. Dans une casserole, elle envoie son nioulouque, ses légumes, son eau et son poisson. Elle appelle Issa, bloque le téléphone avec son épaule gauche et remue avec sa main droite.

– Il avait dit quoi déjà, le mara?

– Que tu allais avoir des conflits avant ton départ.

– Non, ça je sais. Mais qu'est-ce que je devais acheter déjà?

– Trois noix de cola, je crois…

– Et le lait!

– Pourquoi tu me demandes, si tu sais?

– Va me les acheter, s'il te plaît, je peux pas là!

– Y faut que tu achètes toi! Sinon ça marche pas!

– N'importe quoi !

– Je te jure !

Elle raccroche, lance son tay, le riz à la vapeur, baisse le feu sous la sauce et court jusqu'à la boutique. En sortant de chez le Mauritanien, elle donne le lait caillé à trois gamins. Puis s'arrête au coin de la rue, devant son vieux voisin qui ressemble comme deux gouttes d'eau à l'ancien président Abdou Diouf et reste toute la journée assis devant sa porte d'entrée. Le vieux Toucouleur, deux mètres de haut, cheveux blancs éclatants, nez bâton et yeux couleur lagune, accepte les trois noix de cola que lui offre Tibilé avec un sourire de «Ne t'inquiète pas ma fille, j'ai bien compris».

De retour à la maison, elle lance le riz dans la sauce, pose le couvercle et monte dans sa chambre s'allonger devant trois épisodes de la première saison de *Karma*. Son cerveau s'enlise dans cette vase télévisuelle où la jeunesse dorée dakaroise vit dans des appartements témoins, roule dans des 4×4 dernier cri et patauge dans des histoires de maraboutage, de trahison et de mariages arrangés.

À 19 heures, Aïcha vient taper à sa porte.

– Tibi, tu es prête ?

Comme une metteuse en scène à la loge de son acteur principal. Tibilé va faire ses ablutions et rattrape ses prières de la journée. Quand elle tourne sa tête pour saluer les anges, elle entend la voix de Jacob remonter dans l'escalier. Sa gorge se serre, un frisson parcourt la peau de ses cuisses. Elle met son pagne, le boubou et la coiffe. Elle s'hydrate le visage et sort de sa chambre avec le trac de celle qui va entrer en scène. En bas de l'escalier, elle découvre Aïcha et Fatou en train de discuter avec une cousine de Baba. Elle la reconnaît : la maman de Jacob ! C'est là qu'elle le voit, de dos dans un tee-shirt blanc immaculé. La lumière du ciel lui tombe dessus. Il se retourne.

Les mêmes traits, les yeux blanc nacré, les longues dents et les veines qui coulent des avant-bras jusque dans ses doigts. C'est Jacob sans l'âme souffrante. C'est Jacob avec l'air de celui qui pense avoir tout compris.

– Tibi, tu te rappelles de David ?

Tibilé accompagne son « oui » d'un sourire de consul. Sur le tee-shirt blanc de David, il est écrit en rouge vif : Givenchy Paris.

Tibilé a coupé le moteur de son cerveau et se laisse dériver dans le courant chaud de l'endogamie. David est venu avec son agent. C'est elle, sa mère, qui gère ses affaires. Aïcha lance les premières questions. À elle l'honneur de l'interrogatoire.

– Comment va ton père?

– Il va bien, il est au pays maintenant, Dieu merci.

– Le voyage s'est bien passé?

– Dieu merci.

– Et le travail, ça va?

– On ne se plaint pas. Dieu merci.

– Il est banquier, maintenant, ajoute sa mère, comme on vient ajouter une pièce décisive au dossier, au dernier moment.

– Ah, c'est bien ça, banquier, dit Aïcha.

– Tu travailles où ? demande Fatou.

– Je suis chargé d'affaires à Antony, il répond avec son accent costume-cravate.

– Et il lance sa propre société, ajoute sa mère.

– Ah, c'est bien ça… commentent Fatou et Aïcha en se tournant vers Tibilé.

Elle reçoit toutes ces informations comme si on lui vantait les caractéristiques d'un matelas qu'elle ne veut pas essayer. Aïcha lui dit de se lever pour aller chercher le bissap. David la mate.

La dernière fois qu'il l'a vue, elle avait douze ans et lui dix-huit. Il était resté quelques jours ici avec sa mère, pour venir voir son frère Jacob. Il avait passé son temps enfermé dans une chambre ou devant la télé. David a grandi au village avant d'aller en France. Dakar, y connaît pas trop. Dans son quartier de la Mare Rouge, au Havre, tout le monde l'appelait «le blédard». Il garde ça comme une morsure qui s'infecte.

Alors, il a tout gommé. Son accent, son soninké, sa main dans le thiep et, dès qu'il l'a pu, il s'est acheté les chaussures pointues en cuir, la cravate et le costume Celio. Avec un bac pro vente et un BTS banque,

196

David est entré dans le moule à gâteau du Capital qui embauche dans la diversité. Il passe sa journée le cul assis sur une chaise de bureau à recevoir des clients à découvert, qui viennent lui demander s'il peut pas faire un geste, pour les agios. Il en profite pour ouvrir des crédits revolving. L'endettement des ménages, David, il s'en fout. Il veut juste faire partie de la prochaine convention Île-de-France. Prendre le micro devant les 3 500 collaborateurs et devenir le premier directeur commercial noir de la boîte. David croit au travail et à la famille. C'était le bon moment pour que ses parents lui annoncent qu'ils avaient une fille pour lui : Tibi, la fille d'Aïcha et Baba Kanté. « Elle va venir en France pour ses études, tu verras, elle a bien grandi, elle est très belle. » Il a répondu « D'accord », sans poser de questions.

David se tourne vers Tibilé et lui demande :

– Alors, tu as eu ton bac ?

– Oui, je l'ai eu.

– C'est bien.

La conversation s'arrête là. Une source sèche, toute craquelée, avec des lézards dedans. Elle se demande si elle va vivre avec lui à Paris. Dans un grand appartement vide qui sent la javel, avec une baignoire, du carrelage vert et une loggia pleine de balais, de vélos d'enfant et d'autres trucs qui servent à rien. Pourquoi pas ? Après tout. Peut-être qu'elle va accepter les fiançailles. C'est comme signer un contrat d'exclusivité. Ils s'appelleront souvent, il descendra la voir à Marseille, elle montera le voir à Paris. Ils iront voir un film de super-héros dans un multiplexe et finiront la soirée chez KFC. Elle posera sa main sur la sienne dans le métro et ils se feront un petit bisou sec sur la bouche avant de se quitter. Le désir montera comme un compte épargne logement. À taux très faible.

David a déjà le dos courbé sur son portable, un iPhone X. Alors Aïcha ordonne à Tibilé :

– Va nous servir le thiep !

Dans la cuisine, elle prépare le bol des hommes, des femmes et des enfants. Quand la porte d'entrée s'ouvre.

– Maman ! Elle est où Tibi ?

Issa le parachutiste. Il sort de nulle part, atterrit en pleine zone de conflit et met sa main dans le thiep. À peine dans la cuisine, il mitraille :

– C'est qui celui-là ?

– À ton avis ?

– C'est ton mari ?

– N'importe quoi !

– Si, c'est ton mari ! Pourquoi tu m'as rien dit ?

– Je savais pas !

– Les Soninkés, je te jure, vous blaguez pas !

Les femmes ont mangé avec les femmes et les hommes avec les hommes. Issa est monté à l'étage avec David et Baba. À la fin du repas, ils sont redescendus dans le salon et Issa s'est exclamé :

– David, il a jamais vu le monument de la Renaissance africaine. On va l'emmener samedi soir ! C'est trop important qu'il voie ça ! En plus, il a une voiture ! Et Tibi, elle doit fêter son bac, non, Maman ?

Aïcha a lancé à Issa un regard de peine de mort par peloton d'exécution, ou plutôt chaise électrique, pour voir souffrir sa tête d'impoli.

Depuis que Neurone a annoncé qu'il restait au pays, son père fait de l'humour et sa mère réapprend à vivre. Hier soir, à la fin du repas, le vieux Coly a lancé : « Les enfants ! Demain, j'ai une surprise pour vous ! » Ça lui a fait drôle, que son père les appelle, lui et son frère, « les enfants ». Ce matin, tous les trois sont montés dans le Range Rover et ils ont roulé jusqu'à la nouvelle ville de Diamniadio. Selon le président, un vaste projet immobilier qui va relancer l'économie du pays ; pour le jeune opposant que soutient Neurone, un projet mégalomane, dans un pays où les gens peinent à remplir leur assiette.

Un casque de chantier sur la tête, Neurone regarde son père et son frère Paulin boire les paroles d'un homme en costume et lunettes à monture dorée. Un promoteur immobilier à tête d'oiseau migrateur. Ils sont au milieu d'un boulevard à la terre retournée. À gauche et à droite, des bâtiments vides dégagent une odeur de ciment froid. Au loin, un rond-point avec une fontaine où coulera l'éternel remboursement des investissements étrangers.

– Tous les bâtiments que vous voyez ici sont déjà vendus. La ville accueillera plus de 350 000 personnes d'ici à cinq ans, dit l'homme-oiseau en écartant les bras.

Neurone imagine les fantômes de demain marcher dans ces grands axes, pique-niquer sur les pelouses, ramasser leurs déchets et rentrer chez eux sans laisser aucune trace. Combien de temps cette ville tiendra avant d'avoir ses coups de klaxon, ses coiffeuses, ses moutons attachés aux arbres morts, ses baby-foot en bois sur les trottoirs, ses policiers aux ronds-points, ses vendeurs de café touba, ses jeunes qui tapent le foot dans le moindre espace de terre battue, ses vendeuses de noix de cajou et ses chiens errants couverts de cicatrices ?

– Le projet coûtera au total plus de 2 milliards d'euros, ajoute l'homme-oiseau.

Quand on parle d'argent, son père retrouve son sourire d'enfant. Hier soir, autour de la table du salon, le vieux a parlé. Ses mots pataugeaient dans l'enthousiasme : « J'ai eu mon ami, le directeur de l'école de commerce du Plateau. Ils ont hâte de t'accueillir. » Neurone a baissé la tête pour mieux encaisser sa mise sous scellés : une formation en alternance, deux jours à Dakar, trois jours dans l'entreprise familiale.

L'homme-oiseau s'arrête devant une grande affiche 3D, « Diamniadio Lake City ». Des immeubles futuristes, des pelouses, des étendues d'eau. Paulin demande :

– Qui sont les investisseurs ?

L'homme-oiseau est très content de répondre.

– C'est un projet sénégalo-émirati.

Le vieux sourit :

– Ah, c'est bien.

Et Paulin commente :

– C'est cinquante-cinquante, quoi !

Neurone voit se poser sur leur visage l'éclat de la fierté nationaliste.

Le seul ouvrage entièrement fini est un bâtiment vitré, un vaisseau posé au milieu d'une planète à peine découverte. Ils vident leurs poches à l'entrée, se mettent des masques et désinfectent leurs mains. Neurone enfile son badge « visiteur » autour du cou et lève la tête vers le haut plafond de ce tombeau de verre. D'un seul regard, son père lui ordonne de se bouger. Neurone résiste. La veille, Monsieur Coly a parlé du développement de l'entreprise familiale. « Aujourd'hui, on fait de la mécanique, de l'importation, et demain, nous allons vers le service. » Le grand frère Paulin a avalé ses paroles comme si c'était l'eucharistie.

À l'intérieur du vaisseau, des hommes de tous horizons marchent en parlant. Les talons frappent sur le carrelage brillant, leurs échanges résonnent et montent vers le plafond de verre. Sur leur badge, on peut lire leur fonction, leur nom, leur pays. Ils sont de Russie, d'Éthiopie, d'Égypte, de Chine, de France, d'Allemagne. Ils sont chargés d'affaires, directeur financier, *business angel*. Pas une pellicule, pas un cheveu sur leur costume. L'homme-oiseau dit :

– Les gens n'ont plus besoin d'aller à Dakar, ils arrivent par le nouvel aéroport, viennent gérer leurs affaires ici, et repartent prendre l'avion.

Arrivés devant un stand vide, le vieux se retourne vers ses fils et s'exclame :

– Voilà, c'est là !

C'est donc ici que Neurone va travailler. Derrière ce stand, sur une chaise haute, avec un badge et un costume. Hier soir, autour de la table, son père a dit : «Grâce à mes contacts, nous allons être les seuls sur le marché de la vente de véhicules importés dans la zone de Diamniadio, et nous serons aussi la seule entreprise de livraison et de location entre Diamniadio et le reste du Sénégal.» Neurone ne sourit pas, c'est la seule chose qu'il peut faire. Son père ajoute :

– Venez, je vais vous montrer autre chose.

Ils le suivent dans un bureau avec moquette au sol et écran plat.

– Regardez !

Le film présente un appartement de luxe, avec canapé, home cinema, table de six couverts et des rideaux aux fenêtres qui donnent sur Diamniadio Lake City. La poche de Neurone vibre, il sort son téléphone, message d'Issa : «Samedi, soirée à Dakar avec Tibilé !» Suivi d'emojis de personnages qui dansent, de cotillons et de bouteilles de champagne. Le vieux poursuit :

– J'ai commandé un appartement pour chacun de vous. Ils seront livrés dans six mois. Un pour toi, Paulin, et un pour toi, Rigobert!

Neurone sourit. Il va revoir Tibilé une dernière fois. Sur l'écran plat, le film se termine sur une phrase écrite en blanc sur fond noir: «Demain, c'est ici.»

Ce soir, Tibilé va sortir. Ce sera sa première fois. Elle a le vertige du mauvais pressentiment. C'est qu'elle commence à croire à toutes ces histoires que raconte sa mère. La nuit, on t'agresse, on te viole, on profane les tombes, on sacrifie les enfants. Des hommes en costume sortent de voitures aux vitres teintées et t'offrent des morceaux de viande enroulés dans sept mètres de percale noire, le tissu des morts. Pour te voler ton âme.

Elle voudrait retourner sous sa moustiquaire et attendre que le sommeil vienne lui fermer les yeux. Mais Issa a déjà posé à ses pieds deux sacs remplis d'habits.

– Tu vas être magnifique, ce soir ! Te fais pas de soucis !

– Justement, c'est quand tu dis ça que je vois les soucis arriver.

Il porte à son cou un gri-gri de lutteur suspendu à un épais collier de cuir, pour donner de la force dans la lutte. C'est lui qui est magnifique : un pantalon large rétréci aux chevilles, en wax orange sur la jambe droite et motifs labyrinthe sur la gauche, un blazer cintré bleu nuit et, aux pieds, la paire de Tic Tic jaune qu'il a achetée l'autre soir.

– T'es sûr, pour les Tic Tic ? demande Tibilé.

– T'inquiète, je te dis que la mode c'est moi !

– Quoi ? Ces chaussures pour marcher dans l'eau, là ? C'est n'importe quoi !

Il enlève sa veste. En dessous, un tee-shirt noir sur lequel est inscrit, en lettres blanches : « Les aigles ne volent pas avec les pigeons. »

– C'est quoi ça ?

– Tu as bien lu, non ? Je suis un aigle !

– Toi, t'es un aigle ?

– Oui, et toi aussi, parce que tu voles avec moi.

– T'es vraiment un grand malade !

Quand Tibilé ressort de sa chambre, habillée, Issa tourne autour d'elle et n'arrête pas de dire que Dieu est grand. Un tee-shirt noir, un pantalon taille haute en wax, avec de petites écailles dorées sur fond bleu nuit, et une paire de talons qui la monte à un mètre soixante-quinze. Sur la tête, une coiffe bleue dans le même tissu que le pantalon, et des créoles plaquées or aux oreilles, que sa sœur lui a rapportées de France. Elle est aussi classe qu'un rek à la fin d'une phrase. «Rek», c'est le point final du pays. Aïcha débarque dans le salon, tchippe et ressort. La jalousie, la peur et l'amour : une marinade de maman.

À 19 heures, la porte d'en bas s'ouvre. David avait dit 19 heures et il est à l'heure. Un vrai banquier français.

– Tibi ! C'est Daviiiiiiiid ! gueule Fatou.

Elle commence à descendre, mais elle entend son prénom prononcé par la voix grave de Baba. Un «Stop» de gendarme. Dernier rappel à l'ordre, avec vérification des papiers et tour du véhicule. Baba, il a toujours l'air de sortir de sa prière. C'est sa technique pour se placer au-dessus des débats. Il s'approche, sort de sa poche un portefeuille en cuir, l'ouvre et lui tend un billet de 10 000. Puis il disparaît derrière Aïcha, qui faxe à sa fille, d'un seul regard, les dernières mises en garde.

AirPods plantés dans les oreilles, David s'est appuyé contre le capot d'une vieille Peugeot 306 et croise les bras, façon mannequin pour une sous-marque de costume italien fabriqué en Turquie. Sur le torse, un tee-shirt avec des «Balanciaga» écrits en différentes tailles, et sur le nez, une très grande paire de lunettes Cartier. Il ressemble à un footballeur congolais sans contrat. Issa laisse ses remarques dans la poche, monte à l'arrière de la voiture et se contente de se moquer doucement:

– Je laisse Madame Kanté s'asseoir devant.

À l'intérieur, une odeur de pomme verte mélangée à du Hugo Boss Homme bien piquant. David met le contact. Le rap de Damso remplit l'habitacle.

Le monde est à nous, le monde est à toi et moi
Mais p't'être que sans moi le monde sera à toi

Coups de volants durs, freinages abrupts et accélérations brutales. Les mains sèches de David accrochent le cuir, les veines de ses avant-bras se gonflent à chaque changement de vitesse. Cette 306 doit attendre avec impatience le départ de son pilote en France.

Mais tu sais qu'au lit, plus que lui j'assure
Rappelle-toi quand t'avais des courbatures
J't'avais bien niqué ta race

Au milieu du rond-point de Sicap, Issa claque des doigts :

– Arrête-toi juste là !

Il sort de la voiture et disparaît dans le décor. David coupe le moteur. Dans le silence qui met au monde les enfants illégitimes, il demande :

– Il est parti où ?

– Aucune idée !

Des centaines de vaches osseuses tapissent la pénombre. Les phares de la voie rapide projettent leurs ombres sur la route et les maisons du quartier.

– T'as vu comme c'est beau ? dit Tibilé.

Il est surpris :

– C'est quoi qui est beau ?

Elle n'a rien à répondre. Elle déguste ce spectacle comme si c'était le dernier. Le soleil coule, les Peuls cavalent derrière les bêtes, les flammes de la raffinerie crament le ciel, les flots noirs de l'océan brassent leurs morts, les taxis jaunes à l'arrêt attendent leur résurrection, et le pont cassé, une promesse électorale.

Elle se souvient de la maison de poupées que Tonton Bamba lui avait fabriquée quand elle était petite. Elle était en bois, avec tout autour la rue, les bus, les animaux, la plage et les commerces. Et, en accessoires, toute une série de décors à faire glisser comme dans un studio de cinéma. Choisir le jour ou la nuit, la mosquée éteinte puis éclairée, faire apparaître le tailleur, les marchandes de légumes et les footballeurs, les djinns dans les arbres, les taxis dans la rue et les avions dans le ciel. Tonton Bamba avait créé un monde qui changeait en fonction de l'heure de la journée et des saisons. Tibilé en voulait toujours plus : « Tonton, t'as oublié la boulangerie », ou « Tonton, t'as oublié les nuages », et il se remettait au travail. Mais un jour, la maladie a posé sa main sur Tonton Bamba. En quelques semaines, elle a creusé son visage et enfoncé ses côtes. Elle le tenait. Bamba restait allongé dans sa chambre pour dégueuler l'eau qu'il avalait. À travers la porte, on entendait les gémissements de celui que la mort vient prendre de force. Un jour Tibilé est entrée et s'est approchée de son oreille :

— Tonton, on a oublié de faire le Bon Dieu.

Bamba a souri :

– Dieu est partout, Tibi.

Bamba a laissé une fille, et sa femme est repartie au village, se remarier avec son grand frère à lui. Rien ni personne ne se perd.

Sur le trottoir, on charge un mouton dans le coffre d'une voiture. Dans trois semaines, pour la Tabaski, la Fête du mouton, Baba posera son lourd genou sur les côtes de Bouba et passera une lame sous sa gorge pendant que Bambi continuera de brouter comme si de rien n'était. Tibilé va rater la fête, elle sera déjà en France. Enfants, le jour de la Tabaski, avec Neurone et Issa, ils partaient faire le tour des maisons du quartier. «Donnez-nous des cadeaux!» Neurone était le meilleur des trois, à ce jeu-là. Tous les voisins voulaient voir le petit chrétien sauter sur place pendant que Tibilé et Issa tapaient sur leurs casseroles un insupportable sabar.

– C'est quoi que tu trouves beau ici? insiste David.

Le gel fixation forte a laissé des traces blanches à la base de ses cheveux défrisés. Elle répond:

– Tout! Tout est beau ici. J'aime tout ça!

Mais Issa l'interrompt en ouvrant la portière. Elle tourne la tête pour bien l'insulter, mais celle de droite s'ouvre aussi.

– Surprise !

Chemise serrée à carreaux, petite ceinture noire à la boucle argentée et coupe afro luisante de brillantine : il est impeccable.

– C'est qui, lui ? demande David.

– Lui, c'est Neurone, répond Tibilé.

Le samedi soir, les bus et les camions se lancent sur la voie rapide comme des spermatozoïdes. S'insérer dans la circulation est une seconde naissance, comme s'imposer à la vie et dire aux autres « J'existe ». La main de David force la boîte de vitesses, son pied droit pousse l'accélérateur dans le vide et son pied gauche lâche l'embrayage brutalement. Il cale. Fausse couche. Petit vent de la honte dans la voiture. Derrière on klaxonne, on insulte, on s'impatiente. On n'épargne pas celui qui cale. Il est l'hésitant, l'incompétent. Son gel fixation forte dégouline sur ses tempes et ses grosses lunettes lui glissent sur le bout du nez. Tibilé voudrait disparaître. Retourner dans sa chambre, ou mieux, entrer dans sa valise et s'envoler pour la France, même en soute.

Ce soir, Neurone est froid et distant. Rigobert a tué l'autre partie de lui-même. Celui qui voulait livrer des pizzas le soir et rejoindre Tibilé le week-end. Ensemble, ils seraient allés dans ces soirées étudiantes sénégalaises où l'on te sert le thiep à 2 heures du matin sur des tables recouvertes de papier blanc. Où l'on boit du soda rose acheté chez Lidl en écoutant du mbalax dans une salle polyvalente éclairée au néon.

Neurone n'a pas besoin de regarder David pour savoir qu'il est un mauvais pilote. Il n'a qu'à tendre l'oreille. Lui a grandi au milieu des voitures, il a appris à conduire à quatorze ans, en Casamance, sur des routes cabossées. Son grand frère, un passionné de voiture, lui a dit un jour : «Les hommes conduisent comme ils font l'amour.» Il tenait cette réflexion de Carole Bouquet. Une grande actrice française. Elle avait dit ça dans une interview, à la télé.

Sur l'autoroute, lancé à 110, David redevient Monsieur le conseiller clientèle au visage bien juteux de confiance. Il reprend son rôle d'aîné de la soirée, de jeune Français, de fils aimé de sa mère qui vient chercher une femme au pays. Il augmente le volume et reprend le refrain de la chanson, avec ses longues dents bien blanches.

Oh là là
Mon cœur danse la macarena, la la la la la la la
Oh là là
Mon cœur danse la macarena, la la la la la la la

– C'est qui ce chanteur? demande Issa.
– Damso!
– Il est triste parce que sa petite amie est partie avec un autre?
– C'est plus compliqué. Il est profond dans ses paroles, t'as vu! répond David en regardant la route un peu de travers, façon film de gangster américain du ghetto.
– Et sinon, t'as pas d'autre musique? Un truc qui bouge quoi! ajoute Issa.
David répond «Non» puis «Commencez pas, avec votre mbalax!». Tibilé ne le supporte déjà plus. Elle en a vu passer des David, dans sa maison. Ces jeunes qui grandissent une partie au pays, une partie en France. À la fin, ils sont de nulle part. Issa revient

à la charge. Il a toujours été ce gamin qui court à la sortie de l'école et met une gifle sur la nuque d'un camarade, juste pour s'amuser, gratuitement.

– Pourquoi tu gardes tes écouteurs sur les oreilles?

David répond que c'est dans le cas où on l'appellerait. Issa jette un œil sur Tibilé et continue:

– Tu dors avec?

Elle tourne vers lui sa tête d'institutrice qui gronde un enfant, «Arrête ça tout de suite!».

Soudain, Issa jette sa main vers l'avant, claque des doigts et ordonne:

– Sors là!

Sur l'immense toit-terrasse, une centaine de personnes se sourient, un verre à la main. Une petite musique électro assaisonnée de notes de kora vient mourir dans les discussions feutrées. Le lieu est décoré de guirlandes colorées, de sculptures métalliques et de grandes fresques murales, en noir et blanc, d'Ousmane Sembène et Djibril Diop, les deux géants du cinéma sénégalais, que l'on célèbre dans tous les lieux culturels de la ville. L'éternelle nostalgie de l'Âge d'or.

Issa s'est déjà fondu dans la forêt mondaine. Il a réussi à détourner le début de soirée :

– Je vais vous montrer où je vais faire mon stage l'année prochaine ! Y a une fête là-bas ! Vous allez voir, c'est trop beau, chez Madame Plume Blanche !

Avec sa paire de Tic Tic et son costume wax, il est à l'aise comme un enfant dans son bain. Il rigole aux blagues, tape dans les mains et fait la bise. Des trois, Issa est finalement celui qui voyage le plus. Pour Tibilé, impossible d'aller parler avec ces gens-là. Elle ne saurait même pas quoi leur dire. Et en quelle langue?

Issa a bien changé. À l'école, il parlait très mal français et c'est toujours lui qui finissait par porter «Symbole», un os de mouton qu'on te mettait autour du cou quand tu sortais un mot en wolof. Un soir, avec Tibilé, ils ont croisé Baba à la sortie de l'école. «C'est quoi cet os-là?» il a demandé. Baba n'était pas contre la chicote, bien forte même. Mais «Symbole», il n'a pas supporté. Le lendemain, première heure, il s'est rendu à l'école. Tibilé se souvient de Baba traversant la cour dans son costume trop large aux épaules. Depuis ce jour-là, à l'école, ils ont arrêté l'os de mouton autour du cou. Baba, il en a parlé longtemps, de cette histoire. Il disait toujours: «Tu te rends compte? Un os de mouton! Même au temps de la colonisation on voyait pas ça. Au nom de Dieu!»

David approche sa bouche de l'oreille de Tibilé. Son haleine a des effluves de toilette propre.

– C'est quoi ces gens ? il fait avec son accent.

– Ben, c'est des gens, quoi ! elle lui répond avec une sècheresse de Sahel.

– Ils sont tous bizarres, ici !

David n'a plus de repères. On est très loin d'un salon soninké ou d'un repas de midi avec des collègues de travail dans le petit snack turc à quelques mètres de sa petite agence bancaire d'Antony sud.

La seule personne qu'elle trouve bizarre dans cette soirée, c'est lui. David est un produit qu'on essaie de lui refourguer. Une vente forcée avec laquelle elle devra vivre toute sa vie. Pas moyen de répudier ton mari ou d'en prendre un second, plus jeune, meilleur au lit et à la cuisine, et capable de te donner un garçon.

Il se rapproche à nouveau d'elle pour se plaindre.

– J'ai trop faim.

– Va manger, y a plein de trucs ici !

– Jamais de la vie je mange ici !

– Pourquoi ?

– J'ai pas confiance.

Neurone, lui, s'est trouvé à boire. Il semble à l'aise. Dans sa chemise serrée et son pantalon à pinces, il ressemble à un jeune élu qu'on a invité à une soirée d'inauguration. Il a ce truc qu'ont les riches, de se sentir chez eux partout. Comme si tout leur appartenait. Depuis le texto, Tibilé et Neurone ne se sont pas parlé. Mais à chaque regard, ils savent. «Je n'aime que toi» est une fissure qui fait son chemin et menace les fondations de leur amitié.

Issa revient vers eux avec une femme, une Noire pâle, qui se donne beaucoup de mal pour faire oublier son métissage et une jeunesse déjà lointaine. Elle a les joues de ces gros poissons qu'on rejette à la mer après les avoir pêchés. Issa est excité comme un enfant qui veut présenter une vieille tante dont il est très fier.

– David, regarde, je te ramène une vraie Parisienne!
Elle le reprend:
– T'es gentil, mon garçon, mais je te signale que ça fait vingt ans que je suis à Dakar! T'étais même pas né. Je suis une vraie Dakaroise!
– Les Français, je te jure, ils rejettent trop leur pays. Vous êtes français, acceptez!!! dit Issa en rigolant. C'est chez Madame que je vais faire mon stage! C'est elle la vraie «Plume Blanche»!

Tibilé pense à sa mère Aïcha, que l'on a appelée «Plume Blanche» toute sa vie. La «Plume Blanche», c'est celle qu'on remarque. Cette femme, c'est plutôt une plume qu'on ramasse par terre avec la peur de choper la grippe aviaire. David redresse ses épaules, repousse ses grosses lunettes sur son nez et va chercher son plus bel accent.

– Qu'est-ce que ce vous faites exactement, ici?

David est cet élève moyen qui arrive péniblement à obtenir la moyenne en léchant les bottes des professeurs.

– Ici c'est est un lieu d'art, de ressources et de réflexion. On monte des expositions, on accueille des artistes… entre autres.

– Et en ce moment, vous faites quoi, par exemple?

Y a cinq minutes, David voulait partir, maintenant il fait celui que ça intéresse. C'est ça, être commercial. Avoir mauvaise haleine et changer de visage comme une veste réversible. La vieille plume suinte de bonheur.

– En ce moment, on monte l'exposition «Wax is not me». C'est autour du travail de Salomon Olembé, un jeune styliste camerounais très engagé, qui refuse de travailler avec le wax. Et autour de cette expo, à travers des films, des pièces de théâtre, on va engager toute une réflexion sur la consommation des symboles coloniaux dans nos sociétés.

David n'en a rien à faire, de ses histoires de wax colonial. Il pose enfin la seule et unique question qui l'intéresse vraiment.

– Et quel est votre système économique?

– Tu veux dire, si on gagne de l'argent?

– Oui, comment vous vivez?

– Nous sommes une fondation. On est soutenus par plusieurs entreprises.

– Françaises?

– Entre autres, oui.

Neurone vacille légèrement:

– Soutenu par des entreprises françaises, et ça nous parle de symboles coloniaux.

Tibilé ne l'a jamais vu dans cet état. Au lycée, il lui arrivait très souvent d'entrer en conflit avec des professeurs. Mais c'était toujours très froid et mesuré. Là, Neurone semble trop pressé. Et la précipitation ne mène qu'aux regrets. La vieille plume recule d'un pas. Cette femme connaît le conflit. Elle s'en nourrit. Il est partout, dans sa peau flasque, son maquillage dégoulinant, ses yeux qui tombent et ses cheveux comme des fils électriques dénudés. Elle est la maladie et le remède. Le néocolonialisme qu'elle combat. La statue qu'elle veut elle-même déboulonner.

Neurone avale son reste de rhum pur. Il brûle son échec. Que tu sois opposant, président, jeune couturier, fils d'un vendeur de voitures de luxe, jeune fille à marier, tu as beau te débattre, parler fort, le système finira par te noyer. Mais avant que la femme n'ouvre la bouche, Tibilé s'avance et arrête tout, net :

– On va bouger, Issa.

– Pourquoi déjà ?

– C'est David, il a faim.

– Mais y a à manger, ici.

– Il a pas confiance.

King Kebab est un snack des Almadies aux néons bleutés. L'intérieur est tristement propre. La viande tourne sur une broche et les tables sont recouvertes de publicités : « La Banque islamique et son crédit 100 % halal. » Avant de poser ses mains sur le pain galette, David demande au serveur :

– Au fait, cousin, c'est bien halal, ici ?

Le serveur, un Sénégalais, disparaît et revient avec un jeune Libanais.

– Tout est halal, ici, chef !

David lève le pouce.

– Merci, cousin !

Neurone trempe sa frite molle dans une flaque de ketchup et demande à David :

– Les gars-là, ce sont tes cousins ?

Issa éclate de rire :

– Oui, et lui c'est leur chef !

Avant de s'adresser à David, en montrant le set de table :

– T'as pas vu ? C'est marqué « crédit 100 % halal » ! Est-ce que ta banque en France est halal, déjà ?

Issa a les bras croisés et fait une tête d'enfant assis sur les genoux de la colère. Tibilé lui demande :

– T'es sûr que tu veux pas manger ?

Elle se dégoûte dans ce rôle de maman qui panse les plaies des hommes blessés. Issa lui montre son tee-shirt en disant :

– Les aigles ne mangent pas de kebab.

Il n'avale pas d'avoir quitté sa soirée *hype* pour ce quartier où les voyous, les touristes et les ventres gras agitent leurs devises devant le sexe des putes. David s'essuie la bouche de gras et lui demande :

– Tu vas faire un stage chez cette dame, c'est ça ?

– Inch Allah.

– Un stage de quoi ?

– BTS stylisme.

– Ils vont te payer ?

Ce snack, cette malbouffe halal, ces lumières de

fast-food, ces sachets de sauce éclatés sur des plateaux, ces sets de table «crédit musulman» et l'impudeur de ce Français qui parle comme une valise à roulettes : Issa est proche du claquage.

– Tu poses trop de questions, toi !

Les accords internationaux entre David et ses amis sont définitivement rompus au-dessus de ce tas de frites grasses. Sur le trottoir d'en face, un vieux Blanc promène son chien, avec un masque sur la gueule. Les Blancs, ils sont toujours là pour te rappeler que la fin est proche.

Tibilé, presque muette depuis qu'ils sont arrivés, assiste depuis son siège de spectatrice à la fin de leur amitié. Quelque chose se casse lentement entre elle, Issa et Neurone. Elle regarde la nuit dakaroise s'électriser. Des affiches publicitaires rétroéclairées, de grosses voitures lustrées et des filles dans des robes à faire perdre la raison à n'importe quel père de famille. Et au-dessus de cette électricité statique trône l'imposante statue de la Renaissance africaine. Un homme fort porte un enfant sur son biceps et tient sa femme par la taille, bien en retrait. Kissima appelait cette statue «Staline en boubou», et personne dans la famille n'a jamais compris pourquoi.

Baba, toujours soucieux de l'utilisation de l'argent public, avait dit, lors de son inauguration : «Un artiste roumain, une entreprise nord-coréenne et un président qui s'est mis la moitié de l'argent dans la poche, c'est vraiment la Renaissance à l'africaine, quoi!»

– T'avais pas dit qu'on irait montrer la statue à David? demande Neurone.

– Le monument de la Renaissance? Il est juste là, regarde! La statue, un kebab, et maintenant on va aller en boîte de nuit. Une vraie soirée de toubabs!

David reste impassible aux provocations. Il se tourne vers Neurone, s'adresse à lui comme s'il était son père :

– Et toi, tu vas faire quoi, après le bac?

Neurone, du ketchup au coin des lèvres, ressemble à une bête prête à bouffer sa proie.

– Je vais rester au pays.

– Qu'est-ce que tu vas faire, ici?

– Je vais vendre des voitures que tu pourras jamais te payer de ta vie.

Des hummers s'arrêtent devant la porte du TOA pour déposer des filles avec des culs à faire tenir une assiette de domoda. Elles entrent dans la boîte de nuit sans même regarder le videur. Issa les appelle les «doubles peaux», parce que «Leur tenue, c'est comme si elles étaient nues». Elles viennent remplir la boîte de plaisir pour les yeux et de «L'amour, c'est 60 000». Elles sont suivies par de gros mecs aux bras gonflés à la pompe à vélo. Eux, ce sont les demi-dieux de la nuit. Ils marchent au ralenti, boitent légèrement, saluent d'une seule main et ramènent l'autre contre la poitrine.

Alors qu'ils sont dans la file d'attente, un des videurs interpelle Neurone :

– Hé, toi!

Beaucoup de gens se montrent fébrilement du doigt. Mais c'est bien lui que le videur désigne :

– T'es le fils Coly, non? Viens là.

Dans le sas, le videur de deux mètres pour cent trente kilos prend toute la place. Face à lui, Neurone a la taille d'un insecte. C'est un Diola que Monsieur Coly a aidé, à l'époque.

– Alors, le foot?

Le videur le désigne aux autres et dit :

– Ce petit, à Ziguinchor, on l'appelait «Fouballon». Tout le monde le connaît. Un vrai phénomène!

Neurone répond qu'il a arrêté :

– J'ai préféré me consacrer aux études. Je viens d'avoir mon bac.

– Tu vas travailler avec ton père, j'espère?

Neurone prend un air de salaud qui commence à bien lui aller.

– Oui, on va développer l'entreprise familiale, on a de grands projets.

De sa grosse main, le videur lui tape dans le dos.

– Petit frère! Je vais vous installer dans un salon. Tu demandes ce que tu veux.

À l'intérieur, le souffle de la musique pulse sur les tempes. Tibilé pose ses mains sur les oreilles et entend son cœur battre sur une masse lourde de musique nigériane. En bas, des filles font la danse du ventilateur sur des cubes lumineux, et les hommes ouvrent grand la bouche. Les corps se cognent, se refusent, se bousculent, se collent, s'attirent et se repoussent. Les filles s'écartent, les garçons s'avancent, les filles recadrent et les garçons abandonnent. Puis recommencent. Les videurs arrivent et dégagent par le col les affamés. Et ils ne se défendent pas. Ils savent très bien pourquoi on les jette sur le trottoir le ventre vide.

Les demi-dieux restent dans les salons VIP. Ils ne dansent pas, ne se mélangent pas. Des filles traversent la salle en portant sur leurs têtes des plateaux de bouteilles Absolut Vodka en feux d'artifices pour les monter dans les salons. Tibilé n'avait jamais imaginé un spectacle aussi triste. Tout la déçoit et l'ennuie. Et très rapidement, Issa et Neurone disparaissent dans la foule. Elle se retrouve, sur cette banquette en cuir rouge, face à David. Il a son jus de fruit à la main et lève les bras sur le rythme, sans conviction. Les lumières colorées bougent sur son front luisant. Entre deux flashs stroboscopiques, elle voit Jacob. Au village, on dit que la folie d'une famille se partage comme un repas. Tout le monde y goûte un peu. Mais David n'est pas Jacob. Lui a tracé ses deux lignes de vie. Comme deux rails de chemin de fer.

D'un côté, ses études dans le bancaire et un CDI dans une entreprise française avec treizième mois, tickets restaurant et des collègues qu'il connaît à peine. Un séminaire par an, un repas de Noël et des conversations sur le foot, les programmes télé et, de temps à autre, les élections. Savoir pour qui ils votent peut faire froid dans le dos, mais David s'en fout complètement, de la politique : « De toute façon, voter n'a jamais rien changé. » Avec les collègues, il parle surtout boulot : augmentation salariale, promotion, mutation, changement de direction, portefeuille clients et nouveaux produits bancaires.

Et puis, y a l'autre rail. La construction d'une maison au pays. Une femme à marier, et faire des enfants, jusqu'à avoir, au moins, deux garçons. Sa femme restera avec sa mère, au pays, dans un premier temps. Et quand ça sera possible, elle le rejoindra en France, dans un appartement de banlieue à une heure trente de Paris. Elle s'occupera des enfants et trouvera un petit travail pour compléter leurs revenus.

Les deux rails ne se toucheront jamais. On quitte le boulot, on arrive à la maison, on enlève ses chaussures, on rattrape ses prières, on mange son thiep et on se plante devant la télé. Le week-end, on est invité dans des cérémonies, des mariages et des baptêmes. On envoie de l'argent au pays, pour le village, et on s'occupe de la famille qui arrive à Paris. On les loge, on les nourrit, on leur trouve des universités, un travail, on joue son rôle de rouage dans la machine de la communauté. La vie de David est un wagon qui glissera jusqu'à la retraite au pays. Et puis terminus, tout le monde descend, carré familial et cimetière musulman.

Tibilé n'est pas sûre de vouloir prendre ce train-là. Elle veut des croisements, des changements de direction, des accidents et de grandes voies d'autoroute, où l'on dépasse la vitesse autorisée en mettant sa tête à la fenêtre pour sourire au vent et au destin. Elle veut du déraillement.

– David, je vais chercher les garçons. On va rentrer.

Juste avant qu'elle ne se lève, le DJ envoie «DKR»,
de Booba:

*Africa tu n'as pas d'âge, ils veulent te marier,
    marier, marier.*
*Ton nom de famille sera prise d'otage, à quoi sert
    d'être lion en cage?*

À la table d'à côté, une bande de Français, la
quarantaine. Des mecs de quartier attaqués par
la première vague de vieillesse, celle où on est les
seuls à croire encore à sa jeunesse. Ils reprennent les
paroles comme si Booba était leur ami d'enfance:
la tentation de la mythomanie devient forte quand
on est loin de chez soi. Tibilé passe près d'eux, et
ils la regardent en pensant pouvoir encore plaire.
Ils ont le ventre flasque dans des tee-shirts mou-
lants, une peau terne et des cheveux collés sur le
crâne. Comment ils peuvent même oser y croire?
Sûrement le décalage horaire.

Au fond du patio, accrochés au bar, Tibilé
retrouve Issa et Neurone.

– Pourquoi vous restez là?
– On te laisse avec ton mari.

– Arrête ça, Neurone, répond Tibilé.

– Je m'appelle Rigobert et bientôt ça sera Monsieur Coly !

– Qu'est-ce qui lui arrive ? elle demande à Issa.

Issa fait la tête de ceux qui ont trop bu. Après avoir traversé la foule des danseurs possédés, David rapplique avec ce corps d'enfant nerveux qu'ont les maris possessifs. Tibilé voudrait quitter cette boîte, rouler jusqu'à la statue de la Renaissance africaine, sortir de la voiture et leur parler devant la péninsule dakaroise. Elle a trop de choses à leur dire.

– On y va ?

C'est tout ce qu'elle parvient à sortir.

– Où on va ? répond Neurone. On n'est pas bien, là ? Y a des jolies filles, y a de l'alcool, de la musique !

– Venez, on y va ! insiste Tibilé.

– Chacun est libre d'aller où il veut ! tranche Issa.

Ils pourraient lui parler franchement, lui cracher à la gueule qu'ils vont rester là alors qu'elle part en France. Mais tout arrive dans ces petites phrases au goût de fruit pas mûr.

– Sans visa, tu pourras pas aller bien loin ! dit David à Issa.

– Et toi, tu peux voyager tant que tu veux, tu resteras

toujours à la même place, lui répond Issa avec cet air qui ira jusqu'à la guerre s'il le faut.

– On a tout, ici. Il faut être fou pour partir, ajoute Neurone.

David regarde autour de lui et commet l'irréparable.

– Ici, je vois que des putes, des alcooliques et, ajoute-t-il en fixant Issa, des homosexuels.

Issa ne fera pas répéter. Il tourne légèrement la tête et touche le gri-gri qu'il porte autour du cou. C'est pour aller chercher l'autre. Celui qui va s'occuper de colorer la bouche de David. Il descend de sa chaise haute, trop calmement. Neurone sort la paille de son verre, se lève et trace au sol une ligne de rhum-Coca entre Issa et David. Le trait du père. Un rituel d'enfant, une limite à ne pas franchir entre deux garçons qu'un différend oppose.

À l'école, ça commence quand deux camarades de classe s'insultent, se lancent un mauvais regard, une remarque. Et les autres écoliers se chargent de faire monter la haine jusqu'à la phrase : « Je t'attends à la sortie. » Tu passes la journée à y penser. T'es juste là à contrôler ta peur ou à réfléchir au premier coup. La cloche sonne et toute la classe accompagne le différend sur le « terrain à trou ». Ils l'appellent comme ça parce qu'il est bordé d'un mur troué. Ils se mettent face à face, l'un d'eux trace un trait au sol et dit : « Si t'es un homme, efface le trait de mon père. » À partir de cet instant, de ce geste, on peut juste approcher un pied, à peine toucher. Ça devient une guerre de positions, un jeu psychologique. Mais Issa n'a jamais été psychologue. Il passait le trait direct. Il aimait trop colorer les bouches à coups de poing. Et même en recevoir. Face à lui, il n'y avait plus d'ami ou de camarade de classe, mais une souffrance sourde. Il la portait en lui et ne pouvait l'exprimer que par les coups.

Issa serre les poings et garde sa bague en laiton, le seul héritage d'un père dont il n'a jamais rien su. Tibilé l'a vu trop de fois entrer dans la bataille et ne plus s'arrêter de cogner jusqu'à ce qu'un adulte débarque et tire ses membres en arrière. Avant une bagarre, Issa ne dit rien, ne donne aucun indice. Il est tapi dans son eau douce et, sans prévenir, il surgit. Un coup de tête, de poing, de coude pour cogner une bouche, un œil, une mâchoire. Il n'a pas peur de faire mal. Il s'est battu toute sa vie. Contre ceux qui regardaient sa mère, contre l'Homme, contre ses frères et sœurs de père et contre tous ceux qui osaient tracer un trait devant lui. Très tôt, il a porté la violence dans son dos.

Neurone, lui, a trop bu. Il se range derrière Issa. Pour lui, la violence est la meilleure fin possible à cette histoire. Tibilé anticipe le premier coup. Aller voir la sécurité? Seuls des bras de lutteur pourront arracher Issa de sa proie. David ne comprend pas. Il a trop tété le sein de la France. Traiter Issa d'homosexuel, d'homme-femme, c'est ne pas savoir dans quel pays on se trouve. David n'a jamais goûté à la violence de la banlieue dakaroise. Quand elle éclate, elle ne s'arrête plus, elle est comme cette voie rapide, ces camions et ces voitures qui foncent sans jamais céder le passage. David ne sait rien d'Issa. Sa maison coincée entre les bouchers et les égorgements, l'abandon de son père, sa mère qui a dû partir loin de sa famille avec le petit dans son ventre.

«Je vois des conflits avant ton départ», avait dit le marabout. C'étaient ses dernières paroles. Tibilé a pourtant bien suivi ses recommandations, pour infléchir les tendances, tordre la ligne du destin. Elle a donné les noix de cola au vieux Toucouleur et le lait aux enfants. Elle ferme les yeux. Pour détourner le mauvais sort.

Et tout à coup tombe du TOA une note. Celle du clavier d'Habib Faye, tapée comme une percussion, soutenue par les roulements de sabar du Super Étoile de Dakar. Celle qui annonce l'entrée en scène du roi. Tibilé le sait, tout le monde sait. Plus rien ne se passera. Dieu a fait entrer le roi Youssou N'Dour en scène et personne ne se battra en sa présence. Neurone pose son verre sur le bar, descend de sa chaise, marche sur le trait du père et va se placer en plein milieu du patio. Il lève les bras en l'air, sourit aux anges et accompagne les paroles :

Sét Sé-toyé ni sét sét si sa xé-lo

« Aie l'esprit clair, Sois pur dans ton cœur, Soyez sûr de vos actions »

Les serveuses, les touristes visqueux, les travailleurs aux mains abîmées, les hommes infidèles, les juges d'instruction, les trafiquants de drogue, les cambrioleurs, les avocats du barreau, les arracheurs de sacs, les vendeurs de tissus, les promoteurs immobiliers, les bacheliers, les politiciens et les filles à double peau. Ils ont tous relevé la tête, lâché leur verre, leur cigarette, leur pute à 60 000 CFA je-te-suce-et-tu-me-baises.

Neurone lève le coude gauche et regarde vers le ciel. Il prend la pose de la statue de la Renaissance. Dans le patio, on le regarde bizarrement. Encore un qui est devenu fou. Un petit jeune qui ne tient pas l'alcool. Neurone n'a jamais su danser le mbalax. Impossible! Issa et Tibilé ont essayé tellement de fois de lui apprendre. «Écoute!» ils lui disaient. Mais ils finissaient toujours par ajouter: «Neurone, t'es pire qu'un Blanc, je te jure!» La musique ne rentre pas dans son corps. Quand il est né, elle a contourné son berceau. «Le mbalax est une langue qu'on ne parle pas», dit le roi Youssou N'Dour. Tibilé est envahie par une autre peur. La honte. Mais il est trop tard.

Les paroles de Youssou allument les étoiles: «Propre, propre, propre», chante le roi pour laver les esprits. Neurone marque le temps «*Set lu-na la an* – J'ai regardé au plus profond de ton âme», et sur la relance de percus, il envoie ses jambes en l'air, virevolte et retombe sur le dernier temps de la mesure. Issa et Tibilé se regardent. Un miracle, un esprit? Neurone s'arrête à nouveau, nouvelle pose, nouvelle statue avec main droite sur son oreille. «La musique n'a pas de frontière», chante le roi. Il regarde le ciel, joue l'homme saoul et balance

les hanches en saccade. Le patio s'agite, les filles
à double peau sortent leur portable pour filmer.
Son djinn vrille son corps et le fait retomber sur les
temps. Il s'arrête à nouveau, se tourne vers ses amis,
la tête furieuse, il tire la langue, louche, simule le
sexe entrant.

Issa crie que Neurone est un diable! Un djinn!
Un essamaye! Le dieu du TOA! Seuls ses pieds
bougent maintenant, son bassin est incliné, son
regard crache son choix de rester au pays, sa vie
future à Diamniadio. Il est temps de tout faire sortir :
« Je suis l'apporteur d'affaires de mon père, je suis
l'importateur de grosses voitures! Monsieur le vendeur, Monsieur le loueur! Je vais conduire ceux qui
vont acheter notre pays. J'irai les chercher à l'aéroport, je les amènerai dans un centre d'affaires, pas
loin, ils signeront pour extraire notre pétrole, pour
construire nos stades et nos autoroutes. Ils passeront
la nuit à l'hôtel avec une fille, et le lendemain ils
repartiront par le premier vol. Ils ne verront pas les
meutes d'enfants mendiants. Ils ne verront pas les
vendeuses de tissus et les taxis jaunes. Ils n'entreront
pas dans ces maisons qu'on ouvre sans y être invités,
et ne goûteront pas à ces thiep qu'on te sert sans

même te demander ton nom. Ils n'entendront pas le mbalax sortir des sonos et ne sentiront pas les odeurs laissées par les inondations et les poissons séchés. Dans des salles climatisées, ils prendront leur part du pays, sans même nous regarder. Et je m'occuperai de tout, personnellement. Les amis, laissez-moi dix ans et je poserai mes fesses dans ces hémicycles où on vote l'attribution de travaux publics en faisant sa sieste. Quand on vous parlera de moi, on vous dira : "Il a grossi, Rigobert", et ça suffira pour tout dire. Je serai l'homme à la poche lourde. Vous viendrez me voir, mes chers amis. Je vous ferai patienter dans une salle d'attente. Une secrétaire vous servira un expresso et vous dira : "Monsieur Coly va vous recevoir." »

De son front jaillissent des gouttes de sueur et de ses yeux sortent des larmes d'au-revoir. Issa s'avance au milieu de la piste, tandis que Neurone recule lentement pour lui laisser sa place, comme on donne la parole.

« J'ai une vision pour l'Afrique / Pour être unis un jour », chante le roi. Issa regarde tout autour, rassemble chacun de ses muscles, enlève sa veste, l'agite en avant comme le prolongement de son sexe. Un préliminaire. Il tourne autour du cercle, fait les yeux du Gaïndé, le faux lion qui courait dans les rues de son quartier et faisait peur aux enfants. Il se replace au centre, jette sa veste sur Neurone et montre son tee-shirt à la foule : « Les aigles ne volent pas avec les pigeons. » Il écarte les bras et s'envole. Ses Tic Tic touchent le ciel.

« Demain je serai Issa Fora ! Ils viendront tous me voir, tu verras. Ces stars de la musique, du cinéma. Je m'occuperai de leur image et ils paieront cher. On m'invitera à la télé et je forcerai mon accent de banlieue. Je serai le bon client. Mes amis, vous me verrez dans ces petits articles minables. Ils se délecteront de mes scandales. Les mangeurs de poussière demanderont pourquoi je ne suis pas marié. Pourquoi je n'ai pas d'enfant. Je serai le grain de sable dans leur œil. Sous mon nom, les mauvaises bouches se déchaîneront dans ces commentaires où tu deviens fort derrière ton clavier. Ils pourront dire ce qu'ils veulent… Je répondrai à chacun par les pires insultes. Je ne suis l'homme de personne ! Vous direz, mes amis : "Je le connais très bien ! Il n'est pas comme ça en fait, il est gentil." Moi, je dérangerai vos vies bien tracées. Je vous le dis, vous viendrez me voir et sur vos visages fatigués je lirai : "Mais il vieillit pas, celui-là !" »

Issa s'approche au plus près de Neurone. Là où l'on sent l'odeur de l'autre. Et au dernier moment, sur le temps le plus haut, celui qu'il faut marquer de ton geste le plus fort, le plus fou, ils collent la sueur de leurs fronts. Le patio crie, de partout dans la boîte les gens viennent créer l'embouteillage. Issa et Neurone tournent leur tête vers Tibilé, coincée contre le bar. Neurone attrape sa main gauche, Issa sa main droite et ils la tirent vers eux. Les mains claquent et réclament que la prisonnière danse, maintenant.

Tibilé est dans la fosse. Elle ferme les yeux. Autour d'elle tout disparaît, elle n'entend plus que la percussion du Super Étoile de Dakar et la voix du roi Youssou N'Dour : « Qu'est-ce que tu penses ? Pour le futur ? » Elle ouvre les yeux et sourit d'un amour guerrier. Le tama du Super Étoile retentit. Elle se baisse tranquillement et enlève ses talons aiguilles. Issa joue la terreur et élargit le cercle : « Chassez !!! » Elle s'approche tranquillement d'une « double peau », lui confie ses escarpins et vient se replacer au milieu, face à eux. « *Sét !!! Sét !!!* Propre !!! Propre !!! »

Tibilé se met à trembler de tout son corps et, sur le temps du Super Étoile, elle monte la main dans le ciel et lance la jambe droite aussi fort qu'elle peut. Le reste suit. Elle tire la langue et révulse ses yeux. Elle fait trembler la terre à chaque coup de talon, ses bras forment des cercles. La foule est folle. Elle s'approche d'Issa et Neurone, ses pieds frôlent leur visage.

« Je vais partir et les larmes accompagneront mon voyage. À mon arrivée, je ne serai rien d'autre qu'une branche sèche que l'on a arrachée à son arbre. Tout me manquera, le bêlement fatigant des moutons, l'omelette dans le pain pauvre, le sable brûlant sous mes pieds, les assiettes qui se remplissent sans même demander et toutes ces histoires auxquelles on finit par croire. Même les policiers qui grattent les CFA dans les ronds-points me manqueront. En France, je pleurerai devant ces paysages sans poussière. Mais ça ne durera pas longtemps. Je n'ai pas appris à me plaindre. Là-bas je prendrai dans mes bras ceux qui les ouvrent. Je leur donnerai un peu de ma couleur. Y a ceux qui accrocheront mon nom gentiment et ceux qui demanderont de quelle origine je suis. Les Français sont très pénibles avec ça. Des fois je répondrai "Devinez" ou bien "Je suis française". Ça dépendra de mon humeur. Pour le mariage, mes parents attendront. J'ai besoin de sentir la peau de l'autre faire transpirer la mienne. Mais tout se fera sans violence, sans rien casser. Sans un mot plus haut que l'autre les choses peuvent changer. Et quand je rentrerai au pays, je ne serai jamais partie. Cette odeur-là ne nous quitte jamais. Je poserai le pied à terre et je vous chercherai mes amis. Tu seras un grand patron qui exploite, gros ventre, poche lourde, un styliste aux cheveux décolorés ou un petit tailleur de quartier. Avec une, deux ou sans femme. Dans un 4×4 noir climatisé ou au fond d'un car rapide. Encore chez ton père ou dans un grand appartement avec vue sur mer. Je m'en fous! Par contre, ça sera pas la peine de changer votre manière de parler ou d'en rajouter. Laissez ça aux autres. Je vous connais trop bien.»

Tibilé s'approche de ses amis. L'un, fils du grand Monsieur Coly et de Binette Coly, enfant diola du bois sacré de Dioher; l'autre, fils de la beauté Malèle Sow, enfant peul à la bague d'argent. Tibilé retire son foulard. Elle est la fille de Baba Kanté, l'homme noble de Diara, et d'Aïcha Kanté, digne descendante du grand guérisseur de Gueule Tapée. Tibi la Blanche, l'enfant soninkée qui détourne les esprits et adoucit les sorts. Tibilé se présente devant eux telle qu'elle est. Elle offre son planisphère, sa terre ronde rasée de près. Toute la boîte de nuit réclame maintenant le «*Rayal Nala tegne* – Je t'écrase un pou sur la tête», le geste qui honore les grands danseurs et enlève le mal. Rigobert Coly et Issa Sow posent leur doigt sur le crâne de Tibilé Kanté, la voix du roi se retire, «Vous verrez la vie autrement», et les dernières frappes du Super Étoile rejoignent le ciel de Dakar.

Remerciements

Vincent Bassène, Mario Bels, Pierre et Ysabel Bels, Fabien Bordelès, Claire Castan, Danielle Deroze, Marion Dualé, Maf Faye, Véro Flye Sainte Marie, Thomas Garet, Sylvie Gracia, Adèle Leproux, Marie-Annie Handelsman, Mariama Ndiaye, Souaibou et Khady Ndiaye, Laure Pasquier, Yves Peyre, Franck Ruiz, Oumar Sarr, Christian et Ines Sarramon, Sophie de Sivry, Diakha Sow, Ndèye Mané Touré.

Agence régionale du Livre Provence-Alpes-Côte d'Azur
Fondation Camargo
La Marelle

Œuvres citées

p. 9-10 – Ahmadou Kourouma, *Les Soleils des indépendances*, Éditions du Seuil, 1968 ; Points, 1995.

p. 17 – N'Dongo Lo, « Xarit », album *Adouna*, 2005.

p. 68 – Youssou N'Dour, « Immigrés », album
Immigrés, 1984.

p. 179 – Omar Pene & le Super Diamono, « El
Hadji », album *Mame Bamba*, 1975.

p. 209, 210 et 216 – Damso, « Θ. Macarena », album
Ipséité, 2017.

p. 234 – Booba, « DKR », album *Trône*, 2017.

p. 239 – Youssou N'Dour, « Set », album *Set*, 1990
(traduction de l'auteur).

L'EXEMPLAIRE QUE VOUS TENEZ ENTRE LES MAINS
A ÉTÉ RENDU POSSIBLE GRÂCE AU TRAVAIL DE TOUTE UNE ÉQUIPE.

ÉDITION : Sylvie Gracia et Thomas Garet
RECHERCHE ICONOGRAPHIQUE : Hélène Bénard-Chizari
COUVERTURE ET CONCEPTION GRAPHIQUE : Quintin Leeds
RÉVISION : Emmanuel Dazin, Isabelle Paccalet et Vladimir Sichler
MISE EN PAGE : Soft Office
PHOTOGRAVURE : Point 11
FABRICATION : Maude Sapin
COMMERCIAL ET RELATIONS LIBRAIRES : Adèle Leproux
avec Alexandra Profizi
COORDINATION ÉDITORIALE : Thomas Garet
PRESSE ET COMMUNICATION : Marie-Laure Walckenaer
COMMUNICATION DIGITALE : Alice Huguet

RUE JACOB DIFFUSION : Élise Lacaze (direction), Katia Berry
(grand Sud-Est), François-Marie Bironneau (Nord et Est),
Charlotte Jeunesse (Paris et région parisienne),
Christelle Guilleminot (grand Sud-Ouest), Laure Sagot
(grand Ouest), Diane Maretheu (coordination), Charlotte Knibiehly
(ventes directes) et Camille Saunier (librairies spécialisées)

DISTRIBUTION : Interforum

DROITS FRANCE ET JURIDIQUE : Bertille Comar,
Geoffroy Fauchier-Magnan et Anne-Laure Stérin
DROITS ÉTRANGERS : Sophie Langlais
ACCUEIL ET LIBRAIRIE : Laurence Zarra et Lucie Martino
ENVOIS AUX JOURNALISTES ET LIBRAIRES : Vidal Ruiz Martinez
COMPTABILITÉ ET DROITS D'AUTEUR : Christelle Lemonnier,
Camille Breynaert et Christine Blaise
SERVICES GÉNÉRAUX : Isadora Monteiro Dos Reis

L'ensemble de cet ouvrage a été réalisé
dans le respect des règles environnementales en vigueur.
Il a été imprimé par un imprimeur certifié Imprim'vert,
sur du Lac 2000 PEFC pour l'intérieur
et une carte Crescendo PEFC pour la couverture.

La couverture et la bande ont été imprimées
par Déjà Link à Stains (Seine-Saint-Denis).

Achevé d'imprimer sur les presses de l'imprimerie CPI Bussière
à Saint-Amand-Montrond (Cher) en mai 2022.

ISBN : 978-2-37880-300-1
N° d'impression : 2063554
Dépôt légal : Août 2022

En France, un livre a le même prix partout.
C'est le « prix unique du livre » instauré par la loi de 1981
pour protéger le livre et la lecture. L'éditeur fixe librement ce prix
et l'imprime sur le livre. Tous les commerçants sont obligés
de le respecter. Que vous achetiez votre livre en librairie,
dans une grande surface ou en ligne, vous le payez donc au même prix.
Avec une carte de fidélité, vous pouvez bénéficier d'une réduction
allant jusqu'à 5 % applicable uniquement en magasin
(les commandes en ligne expédiées à domicile en sont exclues).
Si vous payez moins cher, c'est que le livre est d'occasion.